LES TROIS LURONNES.

LES TROIS

LURONNES

PAR

HENRY DE KOCK.

I

PARIS, 1867.

NAUMBOURG S/S., CHEZ G. PAETZ, LIBRAIRE-ÉDITEUR.

I.

D'un monsieur qui avait une singulière façon de se comporter avec les voleurs.

C'était en l'an de grâce 1621. Le roi Louis XIII, fils dégénéré du grand Henri, régnait; le duc de Luynes, récemment nommé connétable de France, gouvernait… — ou à peu près, — en attendant qu'une main plus ferme, et plus habile que la sienne, — celle de Richelieu, — prît sérieusement les rênes du royaume.

Mais alors Richelieu n'était encore qu'un simple évêque, — l'évêque de Luçon, — l'ami, le confident de la reine-mère; alors le roi éprouvait autant d'antipathie pour cet homme, — destiné à dissiper les nuages qui pesaient sur sa couronne, — qu'il devait plus tard lui témoigner, non pas d'affection, — Louis XIII n'aima jamais personne, — mais de respect, de considération; tranchons le mot: d'obéissance.

Et, somme toute, n'est-ce pas un mérite dont il faut tenir compte aux faibles, que de savoir obéir aux forts.

C'était donc en 1621, au mois d'avril, peu de jours avant que le roi partit de Fontainebleau pour aller combattre les réformés, — où, pour mieux dire, les grands seigneurs en révolte contre le trône, — à Saint-Jean-d'Angély, à Moutauban et à la Rochelle. C'était par une de ces soirées brumeuses du printemps favorables au développement de la sève, à la campagne, et aux hauts faits des voleurs, à la ville.

Et Dieu sait s'il manquait de voleurs en France, en 1621! La capitale, surtout, en possédait à revendre. Voleurs de toute sorte: pages, étudiants, courtauds, laquais. Des gentilshommes même, — des gentilshommes d'humeur joviale et de conscience légère, — ne se gênaient point pour s'en aller de nuit, voire le jour, *couper la bourse* ou *tirer le manteau*, par les rues. Que voulez-vous? il fallait bien s'amuser! Et puis il y avait si peu de police alors, mais si peu! Et quand, par hasard, elle se montrait, elle se montrait... si indulgente à toutes ces *folies!* Ah! c'était un joli temps que le bon vieux temps!

Venu par la place des Trois-Maries, à l'extrémité septentrionale du Pont-Neuf, un homme s'engageait sur ce pont, le soir en question, — neuf heures sonnant à l'horloge de la Samaritaine, — d'une allure qui contrastait singulièrement avec celle des piétons, — assez rares, d'ailleurs, — qu'il rencontrait sur son passage. Quand ceux-là marchaient d'un pas vif, accéléré encore, non moins par le désir de regagner leurs pénates, que par la crainte légitime de quelque fâcheuse rencontre en ce lieu de réputation mauvaise, notre homme, au contraire, lui, semblait aussi calme, aussi à l'aise, aussi peu pressé que s'il se fût trouvé en promenade, en plein midi, sur la place Royale ou au Cours-la-Reine. Les bras négligemment croisés sur son pourpoint, son feutre penché sur l'oreille gauche, son manteau, — et un beau manteau de drap bleu, ma foi, bordé d'un galon d'or, — flottant en liberté sur ses épaules, on eut dit qu'il avait fait le pari de tenter le diable, — dans la personne collective des filous de Paris, — assuré qu'il était d'un moyen particulier, et certain de le vaincre.

L'instant ne pouvait pas tarder, du reste, ou, si c'était à dessein que l'homme au manteau bleu se comportait ainsi, une occasion lui serait offerte de mettre en œuvre ses ressources défensives.

Il avait franchi la distance d'une soixantaine de mètres, environ, soit le quart de la longueur totale du pont, lorsque, s'élançant comme un tigre, — comme un chattigre, plutôt, — d'une des demi-lunes, élevées à l'aplomb des piles, — et sur l'emplacement desquelles on bâtit plus tard des loges ou boutiques, — un tire-laine se mit en devoir de lui arracher son manteau.

Le choc fut aussi violent que subit; — cependant notre promeneur ne s'en montra pas plus ébranlé qu'interdit; loin de là; lorsqu'il sentit deux mains brutales s'accrocher à son magnifique vêtement, quiconque eut pu voir l'expression de ses traits l'eut vue souriante. Le voleur tirait ferme, pourtant, mais si l'homme était solide sur ses jambes, le manteau était solidement attaché à l'homme. Bref, à un moment donné, et grâce à un adroit mouvement de rotation sur lui-même, opéré par celui-ci, en même temps qu'il allongeait, en manière de ruade, à celui-là, un vigoureux coup de pied qui l'obligeait à lâcher prise, volé et voleur se trouvèrent face à face. Aussitôt le premier, se ruant sur le second, lui asséna un coup de poing à assommer, non pas un bœuf peut-être, mais un âne, — ce qui est déjà fort honnête!

Jusque-là, rien que de très-équitable, n'est-ce pas, et qui mérite toute approbation? Un bandit, pris en flagrant délit, qu'on punit, quoi de plus juste! Mais attendez!

Le tire-laine gisait abasourdi sur le trottoir. Alors, spectacle étrange! — l'homme au manteau s'agenouilla et, se penchant vers celui qu'il venait de châtier si rudement, en un tour de main il le fouilla... — Il le fouilla? — Oui, il visita ses poches et fit passer dans les siennes tout ce qu'il y trouva. Comprenez-vous? Les rôles étaient intervertis: c'était le voleur qui était devenu le volé et le volé le voleur.

La récolte ne fut pas fructueuse probablement car, se relevant en secouant la tête, l'homme au manteau grommela entre ses dents: „Deux pistoles! le pleutre! C'était bien la peine de me déranger!... — Allons! A un autre!"

Et il gagna au large, laissant au dieu Mercure le soin de rappeler à la vie le pauvre tire-laine.

Le brouillard s'était épaissi encore pendant que se passait ce que nous venons de raconter: et n'y eut-il pas eu de brouillard qu'aucun des rares passants, qui traversaient le pont, ne se fût avisé de s'immiscer dans cet épisode nocturne. *Chacun pour soi*, telle était la devise, plus prudente qu'évangélique, adoptée par les Parisiens à cette époque. L'homme au manteau, sans se hâter le moins du monde, avait repris sa marche dans la direction de la rue Dauphine. Il était arrivé près de la Cité, à l'endroit où la pointe occidentale de cette île divise le Pont-Neuf en deux parties, lorsqu'il vit se dresser devant lui une ombre gigantesque, en même temps qu'il entendit une grosse voix lui adresser ces paroles, sur un ton agréablement mélangé de supplication et de menace:

— Pardon, seigneur, mais j'ai grand besoin

d'argent. Ne pourriez-vous me *prêter* votre bourse, s'il vous plaît?

L'homme au manteau laissa échapper un éclat de rire. L'ombre reprit, — toujours courtoise:

— Vous êtes gai, seigneur?

— Mais oui, repartit le promeneur, je suis assez gai de ma nature. Et vous?

— Moi, je ne suis pas ennemi non plus de la bonne humeur. Seulement, je prends mon temps.

— Et votre temps n'est pas celui-ci, peut-être?

— Je vous ai dit que j'ai besoin d'argent. Or, vous connaissez le proverbe: Escarcelle vide, tête vide. Je rirai quand vous aurez accédé à mon humble requête.

— Ah! ah! Et si je refusais d'y accéder, à votre humble requête?

— J'en serais désolé... pour vous et pour moi, cher seigneur, mais je me verrais contraint de vous emprunter... de force... ce que vous ne voudriez pas me confier... de bon gré.

— Bah! Eh bien! voyons, essayez de m'emprunter ma bourse de force, cher ami.

L'ombre ne se le fit pas répéter. Avant même que son interlocuteur n'eût achevé sa phrase, elle fit un pas en avant et abattit sur lui sa main large et lourde comme une épaule de mouton. Mais celui que nous avons vu assommer si gaillardement un premier agresseur était de force et d'intelligence à lutter contre cette seconde attaque. Comme preuve d'intelligence d'abord, il commença par se soustraire par un saut de côté à l'étreinte du voleur; puis revenant par derrière, sur lui, au moment où ce dernier le cherchait à travers la brume, il le saisit par le cou, à la hauteur de la nuque, et essaya de le renverser.

Mais si les doigts de l'homme au manteau étaient de fer, le cou de l'emprunteur de bourses était d'airain. La tentative de l'un n'aboutit donc qu'à provoquer un léger cri de surprise chez l'autre; — un cri et un juron; un juron assez bizarre même; *par les cornes è papa!*

— *Par les cornes à papa!* s'écria l'homme au manteau en lâchant prise, mais je ne me trompe pas, c'est toi, Marc Bélier?

Le voleur, en train à ce moment de faire volte-face, demeura tout d'un coup immobile.

— Oui, je suis Marc Bélier, dit-il. Et vous... vous êtes?

— Cherche dans tes souvenirs le nom de celui qui t'a sauvé deux fois la vie; une fois en t'empêchant de te noyer; une fois en t'empêchant d'être brûlé.

— M. Fine-Mouche!

— Lui-même. Ah! Tu as de la mémoire, mon gros; bravo!

— Fine-Mouche! Monsieur Fine-Mouche! C'est vous!

Marc-Bélier s'était précipité vers celui qu'il venait de reconnaître, aidé de la lueur blafarde d'une lanterne placée à l'angle du quai de l'Horloge, il s'assurait que son cœur ne l'avait pas trompé.

Convaincu, il tomba à genoux :

— Et je voulais vous voler ! s'écria-t-il. Oh ! monsieur, Fine-Mouche, pardonnez-moi !

Fine-Mouche, — puisque tel était le nom, ou plutôt le sobriquet, de l'homme au manteau, se mit à rire de l'action et de la prière de Marc Bélier.

— Mais je ne t'en veux pas du tout, répliqua-t-il. Tu faisais ton métier... comme j'allais faire... c'est-à-dire comme je comptais faire le mien, — car avec toi... peste ! J'aurais eu du mal ! — Nous sommes quittes.

Allons, relève-toi ; tu vas salir ton haut de chausses dans la crotte.

— Je ne me relèverai que lorsque vous m'aurez donné la main.

— La voici.

— Merci !... Oh ! Monsieur Fine-Mouche ! Mon gentil, mon bon, mon aimable monsieur Fine-Mouche !... Je vous ai retrouvé ! Quel bonheur !...

Et dire pourtant que si vous ne m'aviez pas reconnu, le premier...

— A ton cou, oui, d'abord... et ensuite à

ton juron... tu me faisais payer cher, n'est-ce pas, mon refus de te *prêter* ma bourse!

Ah ça! Au fait, quel diable de métier est le tien, maintenant? Tu n'es donc plus domestique chez maître Briquet, mon oncle?

— Non; je lui ai dit adieu il y a six mois.

— Pourquoi?

— Des bêtises. Il s'est fâché parce que je l'avais battu.

— Tu as battu mon oncle, misérable!

— Oh! C'est lui qui avait commencé!

— Et c'est toi qui as fini. — Au reste, tu as eu raison, va. Mon oncle est un vieux gueux qui m'a appris de longue date à ne jamais m'affliger de rien de ce qui peut lui advenir de plus désagréable. Au contraire!

— Enfin tu as quitté le service de maître Briquet, très-bien, mais pourquoi as-tu quitté Rouen aussi pour venir à Paris?

— Le vin est trop cher à Rouen...

— Ah! Ah! Et c'est pour en boire ton comptant que tu *empruntes* de l'argent anx passants, la nuit, sur le Pont-Neuf?

— Ce n'est pas ma faute, on m'a chassé avant-hier, sans me payer mes gages, de chez un marchand de drap où je m'étais placé.

— Bah! chassé sans te payer! Et tu as souffert cela? Cela m'étonne.

— Oh! Je dois dire qu'il m'avait surpris le matin dans sa cave, buvant à même d'une futaille de bourgogne. Et puis, si je n'ai pas emporté d'argent, j'ai emporté un brin de marchandise! Oh! Une douzaine d'aunes... que j'ai perdues ce matin... malheureusement.

— Perdues ?

— Aux dés, oui. — J'aime beaucoup le jeu de dés, aussi. Bref, ce soir, la bourse vide, l'estomac creux, j'ai eu l'idée à cette fin de remplir l'un et l'autre, de...

— De voler ?

— Oh!... De... Non. Par les cornes à papa! je vous le jure, monsieur Fine-Mouche, j'eusse rencontré un bon bourgeois qui aurait eu assez de confiance en moi pour me donner une couple de pistoles...

— Que tu lui aurais promis de lui rendre... un de ces jours!

— Et que je les lui aurais rendues... oui, monsieur Fine-Mouche... Et que je les lui aurais rendues. D'autant mieux que tel que vous me voyez, je suis à la veille de rouler sur l'or et l'argent.

— Ah!... Ah! Tu vas dévaliser un coche?

— Un coche!... ma foi, j'ignore si c'est d'un coche qu'il s'agit, mais ce que je sais c'est qu'on m'a promis pour ma part, cinq cents livres tournois si l'affaire réussissait.

— Cinq cents livres! Une belle somme en effet. Mes compliments.

— Trop aimable. Mais j'y songe! Si vous

n'étiez pas trop occupé, de votre côté, monsieur Fine-Mouche, et qu'il vous convînt de gagner vos vingt-cinq pistoles avec moi ? Hein ? On m'a chargé justement, si je rencontrais un bon camarade, de l'amener.

— De l'amener où cela?

— Au lieu du rendez-vous ; à la taverne du *Chat qui dort*, sur le pont Marchand.

— Quand?

— Ce soir à minuit. C'est là qu'on doit nous dire ce que nous aurons à faire.

— Qui est-ce qui doit vous dire cela?

— Ah! je l'ignore encore. Celui qui m'a embauché ce matin à la taverne était masqué. Mais tout de même qu'il avait de bien bonnes manières! Il m'a octroyé tout de suite un écu comme arrhes... — Hélas!... Un écu qui a été rejoindre mon drap. Pas de chance aujourd'hui au *passe-dix!* Ah! j'ai besoin de me ravitailler en travaillant! Et puis, qu'en dites-vous, monsieur Fine-Mouche? Êtes-vous de la partie? Vingt-cinq pistoles, voyons, c'est tentant.

Fine-Mouche réfléchissait. Enfin :

— Écoute, réprit-il, je ne suis pas éloigné d'accepter ta proposition, mais il n'est encore que neuf heures, d'ici à minuit, nous avons donc le loisir de causer, et tout en causant, de manger un morceau et de boire un verre de vin.

— Oh! Évidemment, monsieur Fine-Mouche.

— Eh bien! Viens.

— Où donc?

— Chez moi, parbleu! A deux pas d'ici, rue Dauphine.

— Mais...

— Mais... pas de mais! Veux-tu venir souper et causer chez moi, et peut-être, entends-moi bien? peut-être de notre rencontre ce soir, de notre entretien tout à l'heure, il résultera pour toi quelque chose d'aussi heureux que ce que tu as rêvé jamais de plus heureux.

Marc-Bélier prit la main de Fine-Mouche.

— Monsieur Fine-Mouche, dit-il, vous avez de l'esprit et je ne suis qu'une bête, je vous dois beaucoup et vous ne me devez rien. Du moment qu'il vous plaît de me demander de vous obéir, je serais donc non-seulement un ingrat, mais un maladroit de vous refuser. Marchez; je vous suis; et fût-ce jusqu'en enfer, par les cornes à papa je vous le jure, je ne vous abandonnerai pas.

Fine-Mouche s'inclina.

— C'est bien, fit-il. En route, alors.

Et à demi-voix, précédant son compagnon dans la direction de la rue Dauphine, il ajouta:

— Le bélier déblayant les sentiers sur les pas du renard! Avec semblable assistance si le renard n'arrive pas où il veut arriver, c'est que Satan lui cassera les pattes.

Et je crois que Satan a autre chose à faire,

sur cette terre, que d'y. casser les pattes des renards.

II

La maisonnette de la rue Dauphine. — Comment Marc-Bélier fit un pacte avec Fine-Mouche. — Qui prouve qu'une nuit de noces n'est pas toujours la plus belle nuit de la vie.

La rue Dauphine, ouverte en 1607, en prolongation de l'axe du Pont-Neuf, sur des terrains achetés aux religieux de Saint-Denis et des Augustins, et nommée *Dauphine* en commémoration de la naissance du fils de Henri IV, la rue Dauphine avait alors cinq toises de largeur, elle était bordée de murs, et couverte en deux endroits, à son entrée du côté de la Seine, de deux arcades qui établissaient la communication entre le couvent des Augustins et les bâtiments dépendants de ce couvent. La ligne de cette rue aboutissait à la muraille de la ville, où se trouvait une porte, — récemment ouverte également, — et qui partageait, avec la rue, l'honneur d'une dénomination commémorative.

C'était aux environs de cette porte qu'habitait Fine-Mouche, dans cette maisonnette presque adossée à la muraille, et qu'abritait un bouquet de tilleuls séculaires sous l'ombrage desquels, sans doute, jadis, plus d'un moine avait promené ses rêveries.

Par cette nuit brumeuse où commence notre récit, la rue Dauphine, bien que neuve, ressemblait à toutes les rues de Paris en 1621, — et longtemps encore après; — c'est-à-dire qu'elle était noire comme un four, vu l'absence complète de lanternes pour l'éclairer. Un peu mieux pavée que les autres, pourtant, pavée sur toute sa longueur, — un commencement de progrès, — plus soignée par ses habitants... — c'est le cas de dire qu'ils faisaient *balai neuf*, — la dite rue offrait un parcours assez facile: on n'y risquait pas, par exemple, comme partout ailleurs, de s'engloutir dans quelque cloaque on de rouler sur quelque ignoble amas d'immondices.

Fine-Mouche et Marc Bélier, — l'un guidant l'autre, — marchaient donc sans encombre, vers leur destination; encore quelques minutes et ils l'avaient atteinte, lorsque, d'une maison, sur leur gauche, un bruit de violons doublé de rires et de chocs de verres attira leur attention.

— Ah! ah! dit Marc Bélier, on rigole, à ce qu'il paraît, là-dedans!

— Oui, repartit Fine-Mouche, c'est le voisin Lemâsle, le cordonnier, qui marie sa fille.

L'emprunteur de bourses soupira.

— Un mariage! fit-il. Ça doit être amusant de se marier!

— Hum!... Amusant quelquefois.

— Quelquefois!... On est toujours sûr de quelques bonnes heures, quand on épouse une fille qui vous plaît!

— On n'est sûr de rien, en ce monde, ami Marc... pas même de quelques bonnes heures... le jour où on épouse une fille qui vous plaît... et à qui l'on plaît.

— Bah!... Alors, vous croyez...

— Je crois que nous avons à nous occuper de nos affaires, et non de celles des autres, ami Marc. Entre donc, et jusqu'à nouvel ordre, tais-toi.

Fine-Mouche, tirant une clef de sa poche, avait ouvert la porte de sa demeure, laquelle porte il referma ensuite soigneusement sur lui et sur son compagnon. Après avoir traversé dans l'obscurité une sorte de vestibule, les deux hommes pénétrèrent dans une salle basse, — éclairée par une lampe suspendue au plafond, — et au milieu de laquelle, — spectacle enchanteur pour un estomac vide, — se dressait une table chargée d'appétissants comestibles.

— Bois un coup en m'attendant, dit Fine-Mouche à Marc Bélier; je vais dire bonsoir à ma mère et je redescends.

Sans répliquer, Marc Bélier s'était assis... et il se versait à boire... — N'avait-il pas promis complète obéissance à Fine-Mouche? —

Cependant celui-ci poussa une petite porte, percée au fond de la salle basse, et qui masquait un escalier tortueux qu'il gravit quatre à quatre. En haut de cet escalier, sur le même palier, deux pièces se faisaient face. L'une était la chambre du maître du logis, l'autre celle de sa mère: ce fut de cette dernière chambre qu'il franchit le seuil.

Angélique Callat, — car, nous l'avions bien dit, Fine-Mouche n'était que le sobriquet de notre promeneur nocturne; son véritable nom était Valentin Caillat; — Angélique, dame Caillat, sa mère était au lit quand il entra; mais elle ne dormait pas, non, et elle le prouva en se dressant sur son séant, dès qu'on ouvrit sa porte, et en disant:

— C'est toi, Valentin?

— Oui, mère, c'est moi.

— Oh! oh! c'est bien, cela! Tu rentres de bonne heure, ce soir, petit. Je suis contente!

— Bonne mère!

Valentin s'était assis au chevet du lit; la vieille dame étendit les mains... — un peu au hasard; elle était aveugle; — il prit ces deux chères mains qui lui demandaient deux baisers, et leur en donna quatre.

— Et Gertrude? dit-il.

— Elle est couchée aussi. Est-ce que tu as besoin d'elle?

— Non.

— Ton souper est préparé en bas.

— Je l'ai vu.

— Alors, tu vas souper, puis...

— Puis... — Il ne faut pas me gronder au moins, mère, ou je vous gronde à mon tour! — Je vais souper, puis je repartirai tout de suite.

— Ah!... — Pour longtemps?

— Pour une partie de la nuit!... Encore!... — Enfin... puisque tu me gronderais... à ton tour... si je commençais... je ne dirai rien! Mais c'est égal, c'est une vilaine profession que tu as choisie-là, Valentin, bien vilaine, qui t'oblige ainsi à passer presque toutes les nuits loin du logis! Mais qu'est-ce que tu peux faire, voyons, qu'est-ce que tu peux faire comme ça, dehors, éternellement, jusqu'au matin?...

— Mère...

— Oui, oui, je sais bien que cela t'ennuie aussi que je t'interroge à ce sujet!

— Cela ne m'ennuie pas, non, mère... rien ne m'ennuie venant de vous. Seulement, réfléchissez, je vous en prie. Nous étions malheureux... bien malheureux. Depuis quelque temps, grâce... aux occupations que je me suis trouvées... nous voilà à l'abri de la gêne. Si vous pouviez voir autour de vous, chère mère... Oh! c'est que nous sommes logés comme des petits princes, dans cette maison, vrai!

— Sans doute, sans doute... Gertrude me dit bien aussi... et je n'ai pas besoin de mes yeux pour savoir, si ce n'est pour voir, que nous ne manquons de rien, mais...

— Mais je vous aime, je n'aime que vous au monde, mère... et pour vous, je veux que notre bonheur continue, mieux encore, je veux qu'il s'accroisse! Ayez donc confiance en moi... laissez-moi faire, ne vous inquiétez point... ne me tourmentez pas... et... et embrassez-moi... embrassez-moi, vous... et à demain. — Allons!

C'était un tableau qui ne manquait pas de charme que celui de cet homme jeune, — il n'avait pas trente ans; — beau, — il était beau; un grand brun, pâle, mince, bien découplé, — souriant tendrement de la voix, puisqu'elle ne pouvait voir le sourire de ses lèvres, à cette vieille femme, en cheveux blancs, qui le tenait enlacé de ses deux bras. Vaguement éclairé par les reflets d'une lampe de nuit placée dans un coin de la chambre, ce tableau, tel quel, eût tenté le pinceau de Rembrandt.

Madame Caillat hésitait à détacher la chaîne vivante qui retenait son fils près d'elle, mais il répéta, sur un ton de douce impatience, son: „Allons!“ Elle l'embrassa... et elle ouvrit les bras.

— A demain, dit-il.

— A demain, murmura-t-elle.

Et essuyant une larme tombée de son œil éteint, elle ajouta, tandis que Valentin, — ou Fine-Mouche, — pour lui conserver son nom de guerre, — s'éloignait:

„A demain... et à toujours, n'est-ce pas, mon bon Dieu?"

— Ça, maintenant, soupons! s'écria Fine-Mouche, en reparaissant dans la salle basse.

— Soupons! répéta joyeusement Marc Bélier.

Bélier, le bien nommé; en quelques traits, voici son croquis physique: vingt-vinq ans; la tête d'un mouton sur le cou d'un taureau, le *chanfrein* arqué; le *museau* terminé par des narines de forme allongée, oblique.

L'œil rond, et généralement doux. Des épaules musculaires; la poitrine large; des pieds, des mains et une taille d'Hercule.

Au moral... — Mais la suite de notre récit vous édifiera, mieux que nous ne saurions le faire dans une simple esquisse, sur le moral de Marc Bélier.

Une demi-heure durant, on n'entendit, dans la salle basse, que le cliquetis des fourchettes et des couteaux sur les assiettes, et le tintement des verres qu'on choquait pleins et qu'on reposait vides... Fine-Mouche donnait l'exemple, il semblait qu'avant d'entamer avec son hôte un entretien important, il tînt à le *lester* et à se lester lui-même d'une façon convenable.

Cependant le gigot rôti à point par Gertrude

n'existait plus qu'à l'état de ruines. Deux flacons, d'une capacité d'un litre environ, chacun, ajoutés par le maître de la maison à celui que la servante avait mis, à son intention, sur la table sonnaient le creux.

— Et à présent, causons, dit tout à coup Fine-Mouche.

— Causons! répéta non moins gaîment que devant, Marc Bélier.

— Nous disons donc que tu t'es fait voleur, ami Marc? Qu'est-ce que ça peut bien te rapporter en moyenne par semaine, ce métier-là? Une douzaine de pistoles en attendant que ça te rapporte la roue ou la potence. Je t'offre mieux que cela, je t'offre trois pistoles fixes par jour, la table et le logement, la certitude de n'être jamais ni roué ni pendu, et, quand je n'aurai plus besoin de tes services, une place de garde-chasse quelque part, avec une gentille maisonnette pour te loger, du vin dans ta cave à discrétion, et de l'argent autant qu'il t'en faudra dans ta bourse.

Qu'en dis-tu?

Marc Bélier écarquillait ses gros yeux.

— Mais c'est le paradis que vous m'offrez là, monsieur Fine-Mouche! s'écria-t-il.

— Un paradis où il ne dépend que de toi d'entrer.

— J'y entre! Par les cornes à papa, j'y entre comme un rat dans un fromage... sans crier gare! D'autant plus, qu'en effet, j'ai songé déjà quelquefois aux inconvénients de l'état de coupeur de bourses et de tire-laine... — quoique, vous en conviendrez, j'avais une manière d'exercer...

— Assez gracieuse, c'est vrai, quand tu la pratiquais sur un poltron, mais quand tu t'adressais à quelque bourgeois rétif?...

— Oh! un simple coup de poing!

— Oui, dans le genre de ceux que tu m'as appris à donner à Rouen. Un simple coup de poing qui, asséné par toi, surtout, équivaut à un coup d'arquebuse! Enfin...

— Enfin, vous avez raison, monsieur Fine-Mouche... Tenez, la semaine dernière, j'ai assisté à l'exécution, en place de Crêve d'un... d'un voleur, — puisqu'il n'y a pas d'autre terme pour désigner celui qui prend à celui qui a... On le rouait, ce pauvre diable. Avez-vous vu rouer, monsieur Fine-Mouche.

— Non.

— Ça manque de gaîté, ce supplice-là. On vous couche sur quatre soliveaux disposés en croix de Saint-André, les bras et les jambes assujetties par des cordes, puis le bourreau vous brise les os à coups de barre de fer... Ainsi disloqué, le corps est porté sur la roue et plié en rond, les membres fracassés s'enlacent dans les rayons, la tête pend, les cheveux se hérissent, et la bouche, ouverte comme une fournaise, n'envoie plus par intervalles qu'un petit nombre de paroles sanglantes qui appellent la mort...

Brrr!... J'aimerais mieux la potence!

Et je préfère encore, à la potence, les trois pistoles fixes par jour, la table et le logement... et la perspective de la place de garde-chasse, avec la gentille maisonnette pour me loger, du vin à discrétion dans ma cave et de l'argent tant qu'il m'en faudra dans mes poches.

Mais qu'est-ce que j'aurai à faire pour gagner tout ça, monsieur Fine-Mouche?

— Tu auras à m'obéir.

— A vous obéir?

— Partout et toujours en tout et dans tout ce que je te commanderai. A m'obéir, sans hésitation ni réflexion, comme le chien obéit à son maître, comme la poussière obéit au vent, comme le vent obéit à Dieu. Je te dirai: „Marche!“ Et tu marcheras. „Cours!“ Et tu courras. „Arrête!“ Tu t'arrêteras. Je te dirai: „Parle!“ Tu parleras. „Tais-toi!“ Tu te tairas. Je te dirai: „Frappe!“ Tu frapperas. „Sauve!“ Tu sauveras.

— Et çà durera comme ça?

— Que t'importe, pourvu que tant que ça durera je remplisse exactement les conditions de notre traité?

— C'est juste. Mais...

— Mais tu me questionnes, je crois, et je

n'aime pas qu'on me questionne. Acceptes-tu mes offres? Oui, nous allons agir en conséquence. Non. Je ne te retiens pas mon garçon, tu as soupé; on t'attend à la taverne du *Chat qui dort.* Bonsoir.

Fine-Mouche s'était levé.

— Là! Là! reprit Marc Bélier. Vous êtes vif, maître! J'accepte, par les cornes à papa, j'accepte! Je voulais dire seulement... voyons... ces cinq cents livres tournois qu'on m'a promises... pour ma part dans cette affaire qui... vous savez?...

— Du moment où tu seras lié à mon service exclusif, il ne devra plus y avoir d'autres affaires pour toi que les miennes...

— Ah! Alors... — Je croyais que vous aviez consenti à être de celle de ce soir... — alors vous y renoncez? Nous y renonçons?

— Ceci me regarde et ne regarde que moi.

— Au fait, si je deviens marteau, je n'ai pas à m'occuper de ce que forge le bras et de ce que pense la tête. — Et puis qu'est-ce que j'en ferais de mes cinq cents livres... je les avalerais en huit jours... tandis qu'avec vous... D'ailleurs, je vous aime, monsieur Fine-Mouche... je vous ai toujours aimé... Eh bien! c'est dit là; je suis votre chien, votre poussière, votre vent. Sur quoi voulez-vous que je vous le jure?

— Je vais te l'apprendre.

Fine-Mouche avait pris dans le tiroir d'une crédence, placée à l'un des angles de la salle-basse, un parchemin sur lequel il écrivit rapidement quelques lignes. Ce soin achevé, il tira son poignard, et se rapprochant de son compagnon :

— As-tu du sang dans les veines ? dit-il.

Marc Bélier bondit sur sa chaise.

— Si j'ai du sang dans les... Dame ! c'est à espérer. Et à cause que vous me demandez ça ?

— Parce que c'est avec ton sang qu'il faut signer notre pacte.

— Avec mon sang ?

— Oui. — Recules-tu déjà ? As-tu peur ?

La vérité est que Marc Bélier était assez surpris pour ne pas dire effrayé. On croyait aux sorciers, alors, alors, et indépendamment de la singulière cérémonie à laquelle on exigeait qu'il se soumît pour valider son engagement, l'expression, devenue sévère, du visage de Fine-Mouche, son attitude grave, presque solennelle, étaient de nature à frapper d'une terreur superstitieuse une âme grossière et inculte telle que celle de l'ex-valet.

— Et... Et qu'est-ce vous avez mis là-dessus, s'il vous plaît, monsieur Fine-Mouche ? dit-il en désignant d'un geste, le parchemin.

— Je te le dirai... quand tu auras signé.

— Mais... c'est que... je ne sais pas écrire.

— Fais ta croix, cela suffira. Allons, voilà bien des histoires pour une piqûre! Décidément, mon pauvre ami, je crains que tu ne sois bon que pour la roue ou la potence.

— Je vous prouverai le contraire, maître. Vous voulez de l'encre rouge, soit. En voilà!

Marc Bélier avait saisi le poignard, d'un coup de pointe, donné d'une main ferme, à l'avant-bras gauche, il fit j'aillir un filet de sang.

Puis, de cette même pointe, ruisselante du liquide pourpre, il fit sa croix au-dessous des caractères tracés par Fine-Mouche.

— A la bonne heure! dit celui-ci.

Maintenant, écoute.

Et à haute voix, il lut:

„Moi, Marc Bélier, je jure par le présent, de me montrer, en toute occasion le serviteur fidèle et dévoué de M. Valentin Caillat, dit Fine-Mouche, faute de quoi je consents à ce que celui qui a fabriqué ce parchemin où j'appose ma signature, fasse de mon corps et de mon âme l'usage qui lui conviendra."

Marc Bélier, occupé tout en écoutant, de bander, de son mouchoir, sa légère blessure, frissonna à cette conclusion et regardant avec un sourire contraint, son nouveau maître:

— Et celui qui a fabriqué ce parchemin se nomme? murmura-t-il.

— Il te le dira lui-même le jour où tu manqueras à ton serment, répondit froidément Fine-Mouche.

— Mais... si je n'y manque point, comme c'est bien mon intention?

— En ce cas, tu n'as pas besoin de jamais le connaître.

— Sur ce finissons cette bouteille et partons. Minuit approche.

— Ah! nous allons donc au *Chat-qui-dort?*

Fine-Mouche fronça le sourcil.

— Pardon, maître, pardon! reprit d'un air confus, Marc Bélier. Le manque d'habitude vous concevez. Mais je m'y ferai bien vite, ne vous fâchez pas. — A votre santé!

Fine-Mouche avait éteint la lampe, poussant devant lui Marc Bélier, il sortit de la maisonnette, sur laquelle, avant de s'éloigner, il jeta en se retournant, ce regard que doit avoir l'oiseau qui s'éloigne de son nid...

Les deux hommes reprirent le chemin par lequel ils étaient venus, c'est-à-dire qu'ils remontèrent la rue Dauphine pour gagner les quais.

Comme ils approchaient de la maison du cordonnier Lemâsle, — cette maison qui retentissait trois heures auparavant des éclats de la joie du son des violonts, ils aperçurent devant la porte, à la lueur de quelques torches, un groupe d'hommes et de femmes... du sein duquel partaient des cris, des gémissements, des sanglots.

— Tiens! tiens! fit Marc Bélier on pleure à présent chez votre voisin, maître? Qu'est-ce que ça signifie!

— Tais-toi! dit Fine-Mouche.

Et s'avançant vers ces gens réunis:

— Qu'y a-t-il donc? demanda-t-il.

A cette question le groupe se divisa, laissant voir un cadavre, le cadavre d'un jeune homme percé de coups et baignant dans son sang, étendu tout de son long par terre.

En même temps, une voix lamentable, — celle du cordonnier Lemâsle, répondit:

— Ce qu'il y a, voisin Valentin! Il y a que je suis maudit!... Mon gendre... mon pauvre gendre, voyez en quel état l'a mis son garçon d'honneur... ce gueux de Vincent Laridon!... Il l'a tué, monsieur... il l'a assassiné!... Oh! il est mort, bien mort... mon bon Philippe Beauchaine! Sa vie s'en est allée avec son sang par plus de vingt blessures! Et si ce n'était que ça! Oh!... — quoique ce fût déjà bien assez, mon Dieu! Mais savez-vous ce qu'il a fait encore, ce scélérat de Laridon! Il a enlevé ma fille, ma Ninette, mon amour, mon bijou de Ninette! Oh! chère petite! quelle nuit de noces! Où est-elle, à cette heure, l'enfant? où est-elle? où l'a-t-il emportée, le bandit! Ah! ah! ah! Ma fille... mon gendre... Nous nous amusions tant, nous étions si heureux, et, maintenant plus de fille, plus de gendre, plus de noces! plus rien! Ah! ah! ah!

— Ah! ah! ah! répéta la foule.

Fine-Mouche considérait le corps inanimé du marié.

— Pauvre garçon! s'exclama Marc Bélier; car on peut dire toujours: pauvre garçon! En voilà un qui n'aura pas fait long feu comme mari! Mais peut-être respire-t-il encore, et au lieu de brailler, il vaudrait mieux...

Marc Bélier se penchait vers le cadavre dont sa main allait interroger le cœur; une autre main arrêta le valet, en même temps qu'une voix lui disait:

— Que faites-vous? Vous ai-je chargé de vous assurer si cet homme peut ou non être secouru? — Marchez.

Marc Bélier obéit; il marcha, laissant la noce s'évertuer de plus belle en plaintes et en gémissements; Fine-Mouche le suivait; au bout de quelques pas, lorsque maître et valet, enfoncés dans la brume, eurent atteint le pont:

— Ami Marc, dit le premier, une fois pour toutes, souvenez-vous de ceci: c'est souvent une sottise et toujours une maladresse que de se mêler de ce qui ne vous regarde pas. Que nous importe que M. Laridon ait tué le gendre de M. Lemâsle et qu'il lui ait enlevé sa fille? Avons-nous un denier à gagner à rappeler l'un à la vie et l'autre sous le toit paternel? Non. Eh bien! que ces braves gens s'arrangent donc à leur guise, et nous... nous allons voir de quoi il retourne, pour nos intérêts, à la taverne du *Chat-qui-dort.*

Marc Bélier ne répondit rien; mais, *in petto*, il pensa:

— C'est vrai, ce que dit M. Fine-Mouche. A quoi bon s'arrêter pour ramasser une paille quand on guigne une poutre! — Mais c'est égal, en voilà un drôle de maître que je me suis donné là, qui se soucie si peu des autres et si fort de lui! Ai-je fait une bonne affaire en m'attachant à son service? Bah! qui vivra verra!

III

Le comte de Chalais et la duchesse de Chevreuse. — Qui prouve qu'il y a des pressentiments.

Nous laisserons le mystérieux Fine-Mouche et son serviteur, de fraîche date, Marc Bélier, s'acheminer vers le pont Marchand, et pour l'intelligence de notre récit, rétrogradant d'une semaine... — ce que nous venons de raconter se passait dans la nuit du 25 avril, nous remonterons donc au 18 dudit mois, vers le milieu du jour; — nous introduirons le lecteur rue Saint-Anastase, au Marais, dans l'hôtel du marquis de Montglas, en même temps qu'un jeune et beau cavalier, le comte Henri de Chalais, neveu du marquis.

Un vieux domestique de confiance de M. de Montglas, — Jérôme Rodier, — avait reçu le comte au bas de l'escalier d'honneur de l'hôtel.

— Bonjour Jérôme, fit Henri de Chalais d'un ton de familiarité affectueuse, tu te portes bien, mon vieil ami?

Jérôme s'inclina respectueusement.

— Monsieur le comte est trop bon de s'occuper d'un vieillard tel que moi, répliqua-t-il. Je me porte à merveille, Dieu merci! et il serait à désirer que tout le monde ici en pût dire autant!

— Mon oncle est souffrant?

— Souffrant... non. De corps, monsieur le marquis est toujours solide, c'est son âme qui...

— Enfin, j'allais partir avec ma mère pour mon château de Fleurines quand j'ai reçu un billet par lequel M. de Montglas m'invitait à me rendre tout de suite près de lui; — et, tu le vois, je me suis empressé d'accourir; — que me veut-il, le sais-tu?

Non, monsieur le comte; ce que je sais seusement, c'est que monsieur le marquis a convoqué également, pour aujourd'hui, madame la duchesse de Luynes... qui l'attend déjà au grand salon de réception.

Henri de Chalais ne put retenir un mouvement de joie.

— Madame de Luynes est ici, s'écria-t-il, et tu ne me le disais pas, Jérôme!...

Et, sans s'occuper davantage du vieux valet de chambre, il s'élança vers l'escalier qu'il gravit quatre à quatre, et il pénétra dans le grand salon.

Née avec le siècle, et par conséquent âgée de vingt et un ans à l'époque où commence cette histoire, Marie de Rohan-Montbason, femme de Charles d'Albert, duc de Luynes, connétable de France, était alors dans toute la fleur de cette beauté dont le renom devait si longtemps retentir en Europe. Assise près d'une cheminée où flambait un feu vif, — que les rigueurs de la saison retardative rendaient nécessaire, — elle s'était retournée au bruit de la porte livrant passage au jeune comte. — M. de Chalais n'avait que quelques mois de plus que la duchesse.

— Ah! c'est vous monsieur! fit-elle avec un sourire où il y avait moins d'étonnement que de plaisir.

Henri, tout à l'heure si empressé, ne parut point saisir, pourtant, l'expression de ce sourire. Il est vrai qu'il ne le vit point. Son chapeau à la main, il se tenait les yeux baissés à dix pas au moins de madame de Luynes.

— Et puis, reprit-elle, avec une légère nuance d'ironie, est-ce que mon aspect vous pétrifie, monsieur de Chalais? Allons, approchez. Bien que j'aie à vous gronder... et très-fort même... je vous promets, par égard pour le lieu où nous sommes, de ne vous adresser que la moitié des reproches que vous méritez.

Le comte s'assit en face de la duchesse.

— Vous avez à me gronder, madame? dit-il. J'ai mérité vos reproches? Et à quel sujet, je vous prie? Quand je serais si heureux de donner ma vie pour vous, pourquoi, comment ai-je pu encourir votre colère?

L'accent du jeune homme trahissait une émotion que madame de Luynes sembla savourer une minute, comme on savoure un son mélodieux. Enfin, d'un air presque sévère:

— Vous vous êtes battu avant-hier, monsieur de Chalais, reprit-elle, auriez-vous la franchise de me dire le motif de ce duel?

Henri rougit, mais en même temps un éclair de fierté jaillit de sa prunelle.

— Oui, madame, s'écria-t-il, oui, je vous le dirai... et si c'est à cause de ce duel que vous songez à me gronder... eh bien!... grondez-moi donc, grondez-moi beaucoup, car je vous le jure demain, ce soir j'aurais les mêmes raisons de tirer l'épée que je la tirerais encore sans hésiter. Un sot vous insultait; j'ai châtié ce sot, et je le répète, je ne me repens point de mon action... je suis prêt... si pareille insulte se renouvelait... à la châtier de nouveau!...

La duchesse avait repris son sourire doucement railleur.

— Ah! l'on m'insultait! dit-elle. En ce cas, il est certain que de la part d'un ami tel que vous, d'un *vieil* ami de ma maison, il y avait toute impossibilité de... — C'est avec M. de Roquebrune que vous êtes battu, n'est-ce pas, monsieur le comte?

— Oui, madame, c'est avec ce fat de chevalier de Roquebrune.

— Et... que disait donc ce fat de M. de Roquebrune qui vous ait obligé de l'appeler sur le terrain? Quelque horrible parole, évidemment, capable de me couvrir de honte. — Mais je suis très-curieuse; au risque d'en rougir... pour huit jours, je brûle du désir de tout apprendre.

— Vous l'ordonnez, madame?

— Je l'ordonne.

— Eh bien! M. de Roquebrune disait...

— Il disait?

— Que le bleu ne vous seyait pas... que vous étiez plus jolie en noir.

— Pas possible!

— C'est la vérité, madame! De son autorité privée, M. de Roquebrune avait l'insolence d'assigner une couleur préférée à vos charmes, comme si vos charmes étaient de ceux qui ont besoin du secours de la toilette pour briller! — Oh! aussi, il en a pour six semaines au moins à garder le lit! Mon épée lui a traversé l'épaule!

— Rien que cela! Et que lui eussiez-vous donc fait, mon Dieu! s'il m'eût trouvée laide... en noir comme en bleu?

— Je l'eusse tué, madame. Je l'eusse tué sans rémission!

— Pauvre chevalier!

— Vous le plaignez, madame! Comment, vous le...

— Oui, monsieur le comte, je plains M. de Roquebrune d'avoir versé son sang à propos d'un enfantillage, et ce que je déplore en outre, c'est qu'un homme... que je croyais mon ami... se soit imaginé me donner une preuve d'affection en jouant sa vie dans un combat sans gloire.

— Marie!...

— Monsieur de Chalais?

Dans le trouble que lui causaient les réprimandes sévères de la femme, Henri s'était oublié... ou plutôt il s'était souvenu, trop souvenu, et il avait proféré comme malgré lui ce nom si cher à son cœur, qu'il avait la douce et familière coutume jadis de donner à la jeune fille.

— Pardon, madame la duchesse, murmura-t-il en se courbant sous le regard hautain dont madame de Luynes avait accompagné son appel à l'ordre; vous avez raison, *Marie* n'existe plus pour moi... et je n'ai plus même le droit de me rappeler en sa présence qu'elle a été la compagne, la joie de mon enfance. Mais ce que personne ne saurait m'interdire... — pas même madame la duchesse de Luynes... — c'est de mourir, à la première occasion qui se présentera, pour celle qui peut ne plus m'aimer, elle, mais que j'aime, que j'aimerai toujours, moi!...

Parlant ainsi, le comte s'était levé.

— Où allez-vous? fit vivement la duchesse.

— Où je vais? balbutia-t-il, mais... je vais...

— Provoquer encore quelqu'un au sujet de la couleur de ma robe?

— Et quand cela serait, que vous importe?

— Que m'importe! — Il le demande! — Il m'importe que je ne veux pas qu'on vous tue, fou!... Et si la duchesse de Luynes n'a pas assez de pouvoir pour vous retenir... eh bien! c'est Marie, entendez-vous, Marie qui vous supplie de ménager des jours qui lui sont précieux!

— Ah!...

Le comte avait saisi une main mignonne étendue vers lui. Ivre de bonheur, il couvrait cette main de baisers...

Et Marie souriait, non plus comme tout à

l'heure avec ironie, mais de ce sourire ému qui monte aux lèvres en passant par le cœur...

Mais la porte du salon s'ouvrit à deux battants.

— Monsieur le marquis de Montglas, annonça un valet en grande livrée.

Henri de Chalais abandonna à regret la main de la duchesse.

Le marquis de Montglas parut, ce seigneur touchait à la soixantaine; mais les chagrins, plus encore que les années, l'avaient vieilli. Une belle tête, d'ailleurs que la sienne : resplendissante de bonté autant que de noblesse sous son auréole de cheveux blancs.

Il s'avançait appuyé au bras de son valet de chambre, Jérôme Rodier.

— Bonjour, duchesse, bonjour, Henri, dit-il en répondant, par un salut affable, au salut respectueux des jeunes gens; je vous ai fait attendre, excusez-moi j'étais dans mon oratoire... et... à mon âge, pour l'ami... que nous avons tous au ciel... il est permis d'oublier un peu les amis de ce monde...

Je ne vous garderai pas longtemps, d'ailleurs, rassurez-vous; deux mots... une prière à vous adresser... et je vous rends aussitôt à la liberté, mes jolis oiseaux du printemps.

Jérôme Rodier s'était retiré après avoir aidé son maître à s'asseoir dans un fauteuil; le marquis invita du geste la duchesse et le comte, demeurés debout, à s'asseoir à leur tour.

— Voici ce dont il s'agit, reprit-il, pour commencer par vous, chère duchesse, il m'est revenu que vous deviez rejoindre sous peu votre mari et la cour près du roi à l'armée?

Madame de Luynes s'inclina affirmativement.

— Monsieur le connétable m'en prie, et la reine me l'ordonne, répondit-elle.

— Bien! dit M. de Montglas. — Et s'adressant au comte: — Et vous, Henri, vous pensez partir ces jours-ci pour votre château de Fleurines?

— Oui, mon oncle, répliqua le jeune homme. C'est l'époque de l'année où ma mère a l'habitude de se rendre à Fleurines, et...

— Et vous accompagnez votre mère, mon ami, interrompit le marquis; rien de plus naturel. Elle est si bonne, votre mère... et elle vous aime tant!

Cependant, c'est à propos de ces départs projetés que je vous ai mandés tous deux, ma chère duchesse, mon cher Henri. Je désirerais s'il était possible que vous retardassiez l'un et l'autre ces départs de deux à trois jours. Est-ce trop exiger? Un vieil ami de votre famille est-il indiscret, Marie, en vous présentant semblable requête? Votre oncle, votre ami aussi, Henri, vous importune-t-il en vous priant vous et votre mère, de ne pas vous éloigner avant la fin de la semaine? Le baron de Végole, mon autre neveu, et la comtesse de Flavières, ma nièce, ainsi que tous mes alliés et tous mes amis ont déjà été prévenus par lettres particulières dans le même sens. Tous recevront comme vous le recevrez vous-mêmes, avis du jour et de l'heure — très-prochains — où s'accomplira ici par mon fait en leur présence, un des actes les plus graves qui se soient jamais accomplis en ce monde. Maintenant, quel est cet acte? Je ne puis le dire encore, car avant de rien décider absolument, j'ai résolu de prendre conseil d'un homme en la sagesse duquel j'ai toute confiance. — Et cet homme je l'attends aujourd'hui même. — Je me résume, Marie... Henri: j'aurai besoin *sans doute* de vous. Me refuserez-vous la joie de compter sur votre assistance? Vous qui entrez dans la vie, refuserez-vous à celui *qui sait* qu'il en doit bientôt sortir, le dernier service qu'il vous demande?

M. de Montglas avait prononcé ces deux mots: *qui sait*, d'un ton de conviction qui fit frissonner ses auteurs. On eut dit à l'entendre que le vieillard était certain en effet — pour l'avoir appris par quelque voix fatale, — du nombre restreint de jours que Dieu lui réservait sur la terre.

Revenus d'une impression pénible, le comte et la duchesse s'apprêtaient à répondre par quelques paroles consolantes à l'étrange propos du vieillard.

Ils n'en eurent pas le temps. La porte du salon s'ouvrit de nouveau.

— „Monseigneur l'évêque de Luçon,“ annonça un valet.

— M. de Richelieu! s'écria le marquis, Dieu soit loué!

Et se levant avec autant d'empressement que le lui permettait sa faiblesse maladive, il fit quelques pas au-devant du prélat.

Armand Duplessis de Richelieu avait alors trente-six ans, et bien que depuis quatorze ans déjà il eût renoncé à la profession des armes, — à laquelle il avait été d'abord destiné sous le nom de marquis de Chillon, — il perçait encore en lui de temps à autre et comme d'instinct dans sa démarche, dans sa physionomie, quelque chose qui sentait plus son homme de guerre que son homme d'Église. Richelieu était de taille moyenne; il avait le front large, de grands yeux; une moustache fine et une *royale* encadraient sa bouche aux lèvres presque invisibles.

Il salua gracieusement la duchesse de Luynes — qui lui rendit assez froidement son salut; — il s'inclina ensuite légèrement devant le comte — qui s'inclina encore plus légèrement devant lui...

M. de Montglas tout occupé d'avancer un

siége au visiteur impatiemment désiré, ne se préoccupa point de l'accueil que lui faisaient le jeune homme et la jeune femme.

Ceux-ci, du reste, tandis que Richelieu s'avançait vers la cheminée se dirigeaient, eux, vers la porte.

— Au revoir donc, mon oncle, dit Henri. Ainsi que vous le souhaitez nous allons, madame la duchesse et moi, attendre vos nouveaux ordres...

— Oui... c'est cela... et merci d'avance, chers enfants. De toute façon vous recevrez de mes nouvelles ce soir. Merci. Et à bientôt.

Chalais avait offert son bras à madame de Luynes pour la reconduire jusqu'à sa litière. En descendant l'escalier :

— Décidément, Marie, fit-il à mi-voix, il y a de la sympathie entre nous.

Elle le regardait comme pour lui demander l'explication de ce *décidément*.

— N'est-il pas vrai que M. de Richelieu ne vous plaît pas ? reprit-il.

— En effet, repartit-elle, je ne sais pourquoi, il me semble que cet homme sera un jour mon plus cruel ennemi.

— Eh bien, nous sommes donc à deux de jeu, chère duchesse, car moi — je ne plaisante pas, je vous le jure — j'ai le pressentiment que cet homme me fera un jour tant de mal... qu'après lui, il ne sera plus possible à qui que ce soit — au monde, — de m'en faire.

IV

Pourquoi le marquis de Montglas était triste. — Tel père, telle fille.

— Madame la connétable et M. de Chalais ont l'air d'être au mieux ensemble, dit Richelieu d'un ton railleur, lorsqu'il se trouva seul avec le marquis.

Ce dernier tourna vers l'évêque un regard surpris.

— Marie de Rohan et mon neveu sont liés depuis leur enfance, dit-il; ils se considèrent comme frère et sœur.

Richelieu hocha la tête.

— Hum! hum!... comme frère et sœur. Enfin, cela regarde M. de Luynes!... Et, quant à moi, pour le bien que je lui souhaite...

— Vous n'aimez pas M. de Luynes, monsieur de Richelieu? — dit le marquis.

— Pourquoi l'aimerais-je? En toute occasion ne me manifeste-t-il pas sa mauvaise volonté? Il peut tout, cet homme, il peut tout... pour ceux qui lui plaisent, mais moi, je n'ai pas le don de lui plaire, paraît-il, et il me le prouve... et de reste. Le roi avait promis pour moi, à la reine-mère, le chapeau de cardinal,.. et c'est le fils du duc d'Éperon qui a reçu ce chapeau. Ma nièce de Pont-Courlay a épousé le marquis de Combalet, neveu de M. de Luynes, et quand la parenté du favori est une source de biens pour tous les autres, elle ne profite en rien au mari de ma nièce, au contraire, il semble qu'elle soit un motif de le tenir à l'écart. Non, je n'aime pas M. de Luynes, et lui-même, il me hait... il me craint. Et il est bien avisé de me craindre! Je ne serai pas toujours l'obscur surintendant de la maison d'une reine déchue... un jour, j'espère, je commanderai à mon tour! Et ce jour-là, malheur à tous ces orgueilleux seigneurs qui se partagent la France... comme un pays conquis! Malheur à ces fous qui ne comprennent pas que le bien du pays doit passer avant l'intérêt particulier. Que la patrie est une mère que chacun de ses fils doit vouloir belle et grande, et non une mercenaire que l'on assujettit à ses caprices!

Richelieu s'exaltait en parlant, ses yeux étincelaient, une rougeur ardente colorait ses pommettes.

M. de Montglas l'écoutait dans un profond silence. Peut-être le vieillard, écoutant ainsi le jeune homme, voyait-il se dévoiler devant lui l'avenir, peut-être dans la physionomie dévoilée de l'évêque de Luçon, *de l'obscur surintendant de la maison d'une reine déchue*, lisait-il les destins du cardinal-ministre.

Mais le silence même rappelle Richelieu à lui, il éteignit brusquement le feu de sa prunelle, et d'une voix apaisée :

— Mais ce n'est ni de M. de Luynes ni de moi qu'il s'agit à cette heure, reprit-il, vous m'avez fait l'honneur de m'appeler près de vous pour me demander un conseil, monsieur le marquis; parlez donc, et s'il est en mon pouvoir, je serai heureux, à tous égards, d'être utile à l'ancien compagnon d'armes de mon bien-aimé et regretté père.

M. de Montglas serra une main qu'on lui tendait.

— J'ai, en effet, besoin de vos lumières, monsieur de Richelieu, dit-il, j'ai besoin de vous consulter et comme homme, et comme prêtre.

— Comme prêtre! — répéta Richelieu étonné.

— Sans doute. Tout près de toucher au terme de ma carrière, n'est-ce pas mon devoir de m'épancher dans le sein d'un des meilleurs serviteurs de Dieu... du prélat éminent qui a composé ce beau livre de morale... la joie et la consolation de toute âme souffrante : — *De la perfection du chrétien.*

Richelieu s'inclina modestement devant cet éloge, mérité, du reste, à l'adresse de l'ouvrage qu'il avait écrit, quelques années auparavant, pendant ses méditations scolastiques dans les États du pape, à Avignon.

— Soit! Le prêtre vous écoute, monsieur le marquis, dit-il, mais permettez-lui d'abord de croire que vous vous abusez en assignant à votre carrière un terme si rapproché. Vous êtes jeune encore et...

— Et je descendrai pourtant dans la tombe avant que cette année se soit complètement écoulée. Je le sais.

— Vous le savez? Comment le savez-vous?

— Pour en avoir été instruit par l'ombre de deux êtres dont j'ai causé la mort: l'ombre de ma fille Gabrielle... l'ombre de... de son amant, le seigneur Juan de Sagrera.

— Vous avez vu?

— J'ai vu... comme je vous vois... mon ami... — et cela, la nuit dernière encore... — j'ai vu, à mon chevet, le fantôme de ma fille et celui de don Juan de Sagrera.

— Et ils vous ont dit?

— Ils m'ont dit l'un et l'autre que l'heure sonnerait bientôt où je les rejoindrais. Oh! cet avertissement ne m'a causé nul effroi, d'ailleurs! — Qui regretterait d'abandonner une existence telle que la mienne? Solitaire et désolée. Et puis, les fantômes n'avaient rien de menaçant en m'annonçant ma fin. Non. Leurs regards étaient tristes, seulement, leur voix était plaintive. Il semblait qu'en me disant: „Tu vas mourir bientôt!“ Ils voulussent me dire aussi: „Mais avant de mourir, ô toi qui n'as pas su nous pardonner quand nous te supplions, vivants, ne nous pardonneras-tu pas, morts?“

Richelieu paraissait vivement impressionné par l'étrange confidence du marquis. Et qu'on ne s'en étonne pas. Il est avéré que cet homme, que son génie éleva au-dessus du vulgaire, avait comme le vulgaire, la faiblesse de croire aux revenants, aux fantômes, aux esprits.

En cette circonstance, au surplus, cette faiblesse était assez excusable. C'était un vieillard, un père, qui lui disait qu'il avait vu ; Richelieu pouvait-il douter de la parole de ce père, de ce vieillard?

— Cependant, reprit M. de Luçon, après un silence, si vous êtes certain, trop certain, malheureusement, monsieur le marquis, que don Juan de Sagrera est mort... bien mort... puisque...

— Puisque c'est moi qui l'ai tué... — ne craignez pas de m'offenser, mon ami, — en me rappelant un crime que je déplore amèrement depuis treize années!

— Un crime, non, ce n'est pas un crime que votre conscience doit vous reprocher, et le monde tout entier est, à ce sujet, de l'avis de votre conscience... — c'est un acte sévère, peut-être... — mais légalement exécuté.

— Sévère! oh! oui! bien sévère! Mais légitime!... Oh! lorsque je plongeai mon épée dans le cœur de l'infortuné Sagrera, je m'imaginais en effet que c'était le droit d'un père de tuer le séducteur de sa fille; mais depuis ce temps... depuis le jour surtout où ma fille... ma chère Gabrielle... disparut de ma maison... en n'y laissant que les traces de ses larmes mêlées aux traces de sang de celui qu'elle aimait... j'ai réfléchi, mûrement réfléchi, monsieur de Richelieu, à ce que j'avais fait... et le résultat de mes réflexions a été que je m'étais montré aussi stupide que barbare, en sacrifiant, dans un moment de rage, la vie d'un homme... le bonheur de mon enfant, à mon honneur.

— Enfin, Gabrielle de Montglas a disparu... il est vrai... mais rien ne prouve...

— Qu'elle soit morte. Non; pendant treize ans, rien ne me l'a prouvé; mais depuis six mois, sa pâle image en m'apparaissant, s'est chargée, elle-même de m'apprendre qu'elle n'appartenait plus à une mortelle... mais à une ombre. Oh! ma fille, ma pauvre fille! morte!... morte!...

— Mais, pendant ces treize ans, ne vous êtes-vous pas occupé de la rechercher?

Le marquis secoua la tête d'un air sombre.

— Non, répliqua-t-il, et c'est ce qui ajoute à mes remords. Gabrielle m'avait écrit en fuyant: „Je ne reviendrai près de vous que le jour où vous aurez reconnu publiquement, hautement que vous regrettez d'avoir causé la mort de mon époux.“ — Elle était unie par un mariage secret à don Juan de Sagrera. — J'ai su cela plus tard. — Je vis un outrage de plus dans cette sorte d'appel forcé au repentir, et non-seulement je ne me repentis point, publiquement — hautement — du moins, mais encore j'affectai de ne plus m'occuper d'une ingrate... qui, après m'avoir déshonoré... m'abandonnait.

— Et jamais vous ne reçûtes de ses nouvelles ?

— Jamais!... Oh! Gabrielle était taillée comme moi en plein granit! La briser était possible, mais non la faire plier. Il a fallu la mort pour qu'elle revienne... et moi... méchantant fou que j'étais! il a fallu que je la sache morte pour humilier mon orgueil devant ma douleur!

— Bref, vos intentions, monsieur le marquis ?

— Mes intentions sont celles-ci: Je veux convoquer dans ma demeure les quelques parents qui me restent, mes amis, mes serviteurs... — et aussi les gens de quelque condition qu'ils soient, curieux de voir comment un Montglas confesse ses fautes, et en présence de tous, à genoux, tête nue je veux non-seulement pardonner, de toute l'énergie de mon âme, à ma fille et à son époux, mais leur demander, — du ciel où ils m'entendent, de me pardonner à leur tour.

Qu'en pensez-vous, mon ami? Un tel acte peut-il être agréable à Dieu, et, ce que je n'ose espérer, — s'il a quelques dernières joies à me donner, pendant le peu de jours que j'ai à vivre, Dieu me les accordera-t-il en récompense de cette expiation?

Richelieu tendit de nouveau la main au vieillard.

— C'est Dieu lui-même qui vous a inspiré ce noble projet, monsieur le marquis, répondit-il.

— Ainsi vous m'approuvez? s'écria M. de Montglas.

— Je vous approuve.

— Et vous assisterez...

— A la cérémonie expiatoire... oui, certes, car j'ai la persuasion que quelqu'une de ces joies dont vous parlez, la couronnera. Ce ne peut être sans motif que Dieu vous a envoyé le repentir. A bientôt donc, mon vieil ami, et bon courage... et bonne espérance!

L'évêque de Luçon regagnait son carrosse, qui l'attendait à quelques pas de l'hôtel du marquis, et tout en marchant, il murmurait:

„Un Montglas faisant amende honorable d'une faute! Quel exemple pour la noblesse, si elle était capable de le comprendre! Mais non, tous ces grands seigneurs qui entourent le trône... qui l'envahissent... sont trop sots, trop vains, pour se résigner à courber la tête devant quoi que ce soit! Il faudra une main de fer pour les y obliger! — Une main de fer!...

Et, souriant, d'un singulier sourire, en prenant place dans sa voiture, Richelieu regarda sa main.

V

La confession publique. — Le pardon des hommes; le pardon de Dieu.

L'entrevue de M. de Montglas et de monseigneur l'évêque de Luçon avait eu lieu, — nous l'avons dit, — le 18 avril; le 23 du même mois, à midi la foule se pressait dans la cour de l'hôtel du marquis, sous le couvert d'une vaste tente étendue à hauteur du faite des bâtiments.

Au milieu de la cour s'élevait une estrade, au sommet de laquelle on arrivait par six degrés; cette estrade recouverte de haut en bas d'une étoffe noire, semée de larmes d'argent, et décorée sur sa façade de l'écusson de Montglas: *un lion portant de vair et d'hermine dans un champ d'or et d'azur.* Tout autour de cet échafaud, en forme de catafalque, avaient été dressées, sur six rangs superposés, des banquettes; les deux premiers rangs ornés de velours frangé de soie et d'or, réservés aux gens de noblesse; les autres, garnis de simple toile, destinés aux bourgeois et aux gens du peuple.

Il y avait plus de huit cents personnes assises là, sans compter celles qui se tenaient debout, derrière les gradins. Depuis cinq jours, avertis, chaque jour, à son de trompe, par des hérauts d'armes, qu'il se passerait, le samedi suivant, 23 du courant, dans l'hôtel du marquis de Montglas, une cérémonie au spectacle de laquelle il convoquait nombreuse et publique assistance, tous les marchands et artisans du quartier et des environs s'étaient promis de ne pas manquer à ce spectacle. Dès le matin, donc, du jour prescrit, aussitôt que les portes leur en avaient été ouvertes, voisins, — et même passants, badauds de rencontre, — s'étaient précipités à l'intérieur de la demeure du marquis pour s'asseoir à leurs places respectives; puis, ç'avait été le tour des amis et parents de M. de Montglas, — invités, ceux-là, par lettres formelles, — non moins curieux, pour la plupart, que le petit monde, de connaître le but de cette réunion extraordinaire.

A la louange du populaire, en cette occasion, constatons que la curiosité n'avait pas été pour lui motif à tumulte et à désordre. C'était dans un silence presque religieux qu'hommes et femmes de tous âges, de tous états, s'étaient rangés sur les gradins, sous la direction paterne des valets de l'hôtel; c'était de la même façon respectueuse qu'il attendait que la cérémonie annoncée commençât. Le marquis de Montglas était généralement estimé et aimé de ses voisins; en outre, il y avait dans l'aspect de cette estrade funèbre quelque chose qui eût glacé le rire sur les lèvres des individus les plus disposés à plaisanter. Si on ne savait rien encore, on devinait, au moins, que ce n'était pas à quelque jeu futile qu'on allait assister. De même parmi la partie aristocratique du public: dames et seigneurs se contenaient d'échanger, à voix basse, entre eux, leurs impressions, sans se permettre la moindre observation critique, le plus léger signe d'impatience.

Sur le premier rang, en sa qualité de parent, siégeait le comte de Chalais, à la droite de la duchesse de Luynes; en face des deux jeunes gens, de l'autre côté de la galerie circulaire, se trouvaient l'évêque de Luçon, et près de lui le second neveu et la nièce du marquis de Montglas: le baron de Végole et la comtesse de Flavières.

Vous connaissez déjà un petit peu l'évêque de Luçon, mais vous ne connaissez pas du tout encore le baron de Végole et la comtesse de Flavières; nous profiterons de la circonstance pour vous dire quelques mots de ces deux personnages, appelés à jouer des rôles importants dans notre histoire: rôles odieux, des *troisièmes rôles*, comme on dit en argot de théâtre. — Malheureusement, il n'y a pas que dans les mélodrames qu'on voit des traîtres.

La comtesse Honorine de Flavières était une femme qui avait été fort belle, qui ne l'était plus et qui voulait toujours l'être. — Jusqu'ici, rien que de ridicule, n'est-ce pas, et d'un ridicule que, sans chercher, beaucoup, on retrouverait aussi commun, en France, en l'an de grâce 1865, qu'il l'était déjà en 1621. — Mais ce n'est pas tout! La comtesse de Flavières ne se bornait pas à faire profession de coquetterie... exagérée, elle avait encore l'inconvénient d'être haineuse et méchante, principalement à l'égard des hommes insensible à ses attraits, et des femmes qui en possédaient plus qu'elle. Et comme, en dépit de sa richesse et de son luxe, — le comte de Flavières, mort dix ans auparavant, lui avait laissé une grande fortune, — et à cause de ses quarante-cinq ans sonnés, elle rencontrait bon nombre d'hommes peu désireux de la courtiser, et plus grand nombre encore de femmes plus jeunes et plus jolies qu'elle, on conçoit que la comtesse avait chaque jour sujet de donner l'essor à ses mauvais instincts. Et elle ne s'en faisait pas faute non plus. „*Une langue de vipère et un corps de chatte,*" disait d'elle Bassompierre. Et Bassompierre disait juste.

Le baron de Végole, le digne cousin de sa digne cousine, était un petit homme de trente-cinq ans, tout fluet, tout sec. Sec de corps, sec de cœur, sec de bourse. Après avoir croqué successivement deux héritages, celui de son père et celui de sa mère, le baron de Végole vivait aux crocs de la comtesse, qui souffrait ainsi à sa charge, non par affection, mais parce que, sur un signe d'elle, un mot, — accompagnés de quelques pièces d'or, — il était toujours prêt à mettre flamberge au vent. Et le baron de Végole, flamberge au vent, était un ennemi redoutable.

Passé maître en fait d'escrime il s'était acquis, de par l'usage d'une botte de son cru, un sobriquet assez bizarre: on l'appelait le baron de *Pique-Main*, attendu que, dans tous ses duels, il visait principalement, — en atteignant souvent son but, — à désarmer son adversaire en lui transperçant la main d'un coup de pointe.

En voyant entrer, presque en même temps, Henri de Chalais et la duchesse de Luynes, la comtesse de Flavières avait laissé éclater un petit ricanement sardonique. La duchesse était jeune et jolie, donc, madame de Flavières l'exécrait; quant à Henri de Chalais, qui persistait, malgré toutes sortes d'avances, à ne point s'occuper d'elle autrement que comme d'une parente, — et d'une vieille parente, — sur le pied du respect, la comtesse le détestait plus cordialement encore.

— Ah! ah! murmura-t-elle, on ne se gêne plus, paraît-il! Le mari est à l'armée! On s'affiche avec son amant!

Le baron de Végole, tiré de ses réflexions par l'observation de sa cousine, se pencha vers elle:

— Son amant... L'amant de qui, chère comtesse? dit-il; de qui parlez-vous?

Madame de Flavières foudroya le questionneur d'un regard furibond.

— Êtes-vous aveugle, mon cher, reprit-elle, et faut-il que je vous montre du doigt, pour vous le désigner, ce petit insolent de Chalais... qui m'a à peine saluée en passant... et madame la connétable... — qui ne m'a pas saluée du tout.

— Pardon, comtesse, répliqua-t-il; mais j'étais si loin de songer... — Croyez-vous, réellement, qu'Henri de Chalais soit l'amant de madame de Luynes?

— S'il ne l'est pas aujourd'hui, il le sera demain; c'est donc tout comme...

— Hum! Tout comme. Henri n'est encore qu'un enfant.

— Un enfant orgueilleux déjà, et hautain comme un homme.

— Il est riche... puissant... bien en cour; tout ne lui est-il pas permis?

— Vous êtes bien indulgent envers les autres, aujourd'hui, baron !

— Cela vient peut-être de ce que j'ai plus à m'inquiéter de moi-même, aujourd'hui, que des autres, comtesse.

— Que signifie ? A quel propos cette inquiétude ?

— Eh! Je ne sais pourquoi, je n'augure rien de bon pour mes intérêts... — et les vôtres, chère cousine... — de la cérémonie qui va se passer ici.

— Que craignez-vous ?

— Je crains... parbleu!... Voyons; nous sommes, vous, moi et Henri de Chalais, les seuls héritiers du marquis de Montglas, n'est-ce pas ?

— Sans doute. Eh bien?

— Eh bien! Je vous le répète, je ne sais pourquoi je m'imagine que le marquis de Montglas, en convoquant ici cette assemblée, n'a eu d'autre intention que de nous jouer publiquement à tous trois, quelque mauvais tour... au sujet de son héritage.

— Vous êtes fou!

— Pas si fou! J'ai du flair; le flair du renard qui, depuis longtemps, aiguise ses dents. Vous encore et Henri de Chalais, vos moyens vous permettent de vous consoler facilement de l'évanouissement en fumée d'une fortune, dont une partie vous était dévolue... mais moi, sapristi!... Je...

— Comme elle lui sourit!

— Plaît-il?

— Ah ça! Comment se fait-il qu'elle ne soit pas partie avec son mari?

— Qui cela?

— Qui cela! Ah! vous êtes insupportable, tenez ce matin, baron!...

— Mais, comtesse...

— Eh! que m'importe à moi, après tout, que le marquis dispose comme il lui conviendra de sa fortune!

— Cependant...

— Assez; tenez le voici, vous allez connaître le motif de cette convocation; d'ici là, dispensez-moi de vos doléances, hein!... Elles me fatiguent! elles m'ennuient!

Le baron de Végole ne répliqua pas; son attention s'était portée, d'ailleurs, sans partage, — ainsi que celle de toute l'assemblée, — sur M. de Montglas, qui, franchissant un espace réservé, à travers la foule, se dirigeait, toujours appuyé sur son fidèle valet de chambre Jérôme Rodier, vers l'estrade préparé pour le recevoir.

Le marquis marchait lentement, mais d'un pas ferme; son visage, bien que très-pâle, avait un caractère de résolution qui frappa les spectateurs. Il gravit les degrés de l'estrade, puis se découvrant, en adressant un regard reconnaissant à l'évêque de Luçon, comme pour le remercier d'être venu, suivant sa promesse, l'encourager par sa présence:

— A vous tous, dit-il, d'un accent sonore, à vous tous, parents, amis et voisins, seigneurs, bourgeois et gens du peuple, salut.

Je vous ai réunis pour m'assister dans une œuvre telle que le souvenir vous en restera, je pense éternellement en mémoire.

Il s'agit d'une confession publique; la confession d'un homme, d'un père.

Cet homme, ce vieillard, c'est moi.

Ma confession, je suis prêt à la faire.

Vous, êtes-vous prêts à la recevoir?

Et, suivant ce que vous conseillera votre conscience, jurez-vous de m'absoudre... ou de me renvoyer sans pardon? — Parlez!

— Nous le jurons! Nous le jurons! s'écrièrent, comme une seule voix, mille voix... — parmi lesquelles nous ne compterons point, et pour cause, celles du baron Végole et de la comtesse de Flavières.

En réponse à l'allocution inouïe du marquis, le baron et la comtesse s'étaient exclamés, eux, en échangeant un regard stupéfait: „Mais c'est de la démence! Une confession publique! Oui, certes, ce vieillard est fou!"

Mais M. de Montglas n'entendit point les propos railleurs de M. de Végole et de madame de Flavières; il n'entendit, il ne put entendre que les acclamations approbatives de la foule; et il reprit:

— J'avais une fille... une fille que je chérissais... — mon unique enfant... le seul bonheur de ma vie, le seul espoir de ma vieillesse; — Gabrielle de Montglas, il y a treize ans, dans un transport funeste, croyant mon blason à jamais souillé, j'ai tué l'époux de Gabrielle, le noble don Juan de Sagrera...

Et Gabrielle s'est enfuie, le lendemain de ma maison, en jurant de n'y rentrer que le jour où je reconnaîtrais publiquement mon erreur, ma faute, mon crime!

Et, treize ans durant, cependant, aveuglé par l'orgueil, j'ai reculé devant la tâche qui m'était imposée.

Mais aujourd'hui, il n'y a plus d'orgueil dans mon âme, il n'y a plus que du désespoir et des larmes.

Devant vous tous qui me voyez, je m'humilie donc! Devant vous tous qui m'écoutez, je demande pardon à ma fille, à son époux... à Dieu!...

Que celui qui ne me jugera pas digne d'être pardonné, le dise sans crainte! La plus cruelle pénitence que celui-là m'ordonnera, je l'accomplirai comme une loi divine!

Le marquis s'était à demi agenouillé sur l'estrade, en proférant ces derniers mots, et les mêmes mille voix qui avaient salué, tout à l'heure, d'un unanime élan, l'annonce du grand acte prémédité par le vieux gentilhomme, accueillirent, unanimes encore, son exécution. Les mêmes mille voix crièrent à la fois: „Marquis de Montglas, sois pardonné! Sois pardonné, marquis de Montglas!"

A ces cris, — réhabilitation humaine, qui vibrèrent jusqu'au fond de cœur en l'épanouissant, le vieillard transfiguré, reprit en levant ses yeux mouillés de larmes vers le ciel:

— Ah! si les hommes me pardonnent, j'adjure donc à son tour, le Tout-Puissant de me prouver qu'il me prend aussi en pitié! Je l'adjure... fût-ce par miracle... de m'envoyer la consolation après m'avoir envoyé le repentir.

— Et le Tout-Puissant qui vous entend va vous exaucer, marquis de Montglas!...

Parlant de la sorte, un homme venait de s'élancer, des derniers rangs de l'estrade; un homme jeune, tout de noir revêtu, au teint bronzé, à la contenance fière.

A cette apparition soudaine, un frémissement de surprise et d'attente parcourut toute l'assemblée.

Haletant de surprise aussi, — et d'espérance, — le marquis considérait l'étranger.

— Qui es-tu, fit-il.

— Je me nomme Ramon Gimènez. J'étais le page de don Juan de Sagrera.

— Que sais-tu?

— Je sais que j'ai reçu, il y a six mois, le dernier soupir de la noble dame de Sagrera, comme j'ai reçu, il y a treize ans, le dernier soupir de mon maître.

Le marquis poussa un gémissement.

— Ah! ma fille est morte!... s'écria-t-il. Je savais bien que ma fille était morte!

Et, se tournant vers Ramon :

— Mais alors, toi qui te posait en messager de joie, tu n'es donc qu'un messager de douleur?

L'Espagnol sourit doucement.

— Je n'ai pas tout dit, monseigneur.

— Qu'as-tu donc à dire encore.

— Votre fille a rejoint son noble époux dans le ciel, mais elle a laissé sur la terre quelqu'un pour prier pour elle... pour lui... et pour vous.

— Quelqu'un?... comment!... Achève!...

— Hier, vous ne vous connaissiez pas d'héritier de votre nom, monseigneur, aujourd'hui vous savez que vous en avez un. Vous avez un fils.

— J'ai un fils!... un fils!... Mon Dieu!

Brisé par le bonheur, le marquis était tombé à la renverse, sans connaissance.

Chalais, un des premiers, se précipita au secours de son oncle.

Le baron de Végole ne bougea point, lui. Livide, l'œil hagard, le corps agité d'un tremblement nerveux, et comme cloué à sa place, tandis que chacun se pressait autour de l'estrade, il murmurait :

— Un fils!... Ah! il y aurait un fils pour m'enlever ma part de cette fortune... ma dernière ressource, mon dernier espoir!...

Nous verrons bien.

VI

La taverne du *Chat-qui-dort.* — Le chevalier Landry. — Un coup de tête.

„Le dimanche 22 avril 1596, à six heures et un quart du soir, le Pont-aux-Meuniers fut entraîné par la violence des eaux. Ce pont était en bois et presque à chaque arche on avait attaché un bateau à moulin. Ces bateaux offrant une grande résistance au courant, contribuèrent beaucoup à la chute du pont. Il était chargé de maisons habitées; hommes et biens, tout périt. On évalua le nombre des personnes qui perdirent la vie à cent cinquante. „On remarqua, dit l'Estoile, que ceux qui périrent en ce déluge, étaient tous gens riches, aisés mais enrichis d'usures et pillages de la Saint-Barthélemy et de la Ligue.“

„En janvier 1598, Charles Marchand, dit le

capitaine Marchand, „il était en effet, capitaine des arquebusiers et archers de Paris," le constructeur du Pont-Neuf, obtint des lettres patentes qui l'autorisaient à rétablir, à ses dépens, le Pont-aux-Meuniers. En 1599 il en commença la construction et parvint à lever les difficultés que lui opposaient le maître de la voirie et les anciens propriétaires des maisons du pont détruit, et après dix ans de travaux, en décembre 1609, il l'acheva entièrement.

„Toutes les maisons nouvelles étaient uniformes, peintes à l'huile, et chacune était distinguée par une enseigne, représentant un oiseau, ce qui fit aussi nommer le Pont-Marchand: le *Pont-aux-Oiseaux*."

Ainsi parle Dulaure, dans son Histoire de Paris, et, comme beaucoup d'historiens, — anciens et modernes, — Dulaure se trompe, — sur un point, du moins: toutes les maisons construites sur le Pont-Marchand n'avaient pas, pour enseigne, un oiseau, il en était une, — la première en venant par la rive droite, qui avait pour enseigne un chat, un gros chat blanc, voluptueusement plongé dans les délices du sommeil en face d'un groupe de souris en train de grignotter un énorme fromage de Hollande, dit *Tête-de-moine.*

Et cette maison n'appartenait pas à un oiseleur, mais à un cabaretier.

Maintenant, à quel sujet cette enseigne? En la plaçant au-dessus de sa porte, maître Claude

Bouffu, le propriétaire de la taverne du *Chat-qui-dort*, avait-il eu une intention à la fois railleuse à l'égard de la police, et engageante pour ses clients? Par une allégorie hardiment éloquente, le chat n'était-il autre que la personnification du guet, qui gagné par d'adroites subventions, consentait à fermer à perpétuité les yeux sur ce qui se passait dans le cabaret, et les souris ne représentaient-elles pas les habitués du lieu, libres d'y faire débauche tout à leur aise, lorsque même avait sonné l'heure sacramentelle du couvre-feu.

Ce qu'il y a de certain, c'est qu'au moment où nous y pénétrons sur les pas de Fine-Mouche et de Marc Bélier, quelques secondes avant que le premier coup de minuit retentît, le *Chat qui dort* était bien éveillé! Oh! éveillé comme une *pâtée de souris.* Non-seulement on buvait, on riait et l'on criait, à ce moment, dans la taverne du Pont-Marchand, mais on s'y battait.

Un combat courtois, d'ailleurs, sans autres armes offensives et défensives que celles que la nature a fournies l'homme pour se débarasser d'un prochain qui le gêne. Une lutte corps à corps entre deux tireurs de bois. Une discussion, à propos de leur vigueur respective, s'était élevée entre ces messieurs, comme ils séchaient un broc. Du défi au pari, il n'y a que la distance d'un gobelet vide. Michaud avait parié qu'il renverserait Simon; Simon avait parié qu'il renverserait Michaud. Aussitôt dit, aussitôt tenté:

au centre du cabaret s'étendait justement un espace vide, tout ce qu'il fallait pour tirer à clair le différend. Et quelle plus noble assistance désirer? Une cinquantaine de pages, d'écoliers, de laquais, tous confrères en Bacchus et en Mercure. On met de l'amour-propre à mal faire, nos tireurs de bois n'eussent pas cédé pour dix pistoles la gracieuse perspective de se casser mutuellement les reins *corum populo.*

Tout le monde, au *Chat-qui-dort* ayant les yeux fixés sur le spectacle de la lutte, personne ne fit donc attention à l'entrée de Fine-Mouche et de Marc Bélier, et eux-mêmes pénétrèrent dans le cabaret en gens rompus à ses us et coutumes. Une table et des escabelles étaient libres, sur leur droite, ils s'y assirent.

— Vois-tu ton homme? demanda Fine-Mouche, profitant d'un moment de répit dans le tumulte pour interroger Marc Bélier.

Celui-ci promena son regard autour de lui.

— Non, mais j'aperçois quelqu'un de ses amis.

— Où cela ?

— Là-bas, dans le cercle qui entoure les combattants. Eh! eh! sont-ils bêtes, tous; et ne voilà-t-il pas quelque chose de bien drôle que deux hommes qui s'empoignent. Vous ne voyez pas un grand garçon qui a des cheveux rouges et une plume jaune à son chapeau?

— Je vois. Et quel est-il, celui-là ?

— C'est le chevalier Landry.

— Le chevalier Landry?

— Oui, vous ne connaissez pas le chevalier Landry?

— Il paraît, puisque je te demande ce qu'il est, et ce qu'il fait?

— Dame, ce qu'il est: un coquin, dit-on. Ce qu'il fait: ce qu'on lui commande en le payant.

— Bon. Et comment sais-tu que le chevalier Landry est l'ami de ton homme masqué?

— Parce qu'ils sont venus hier ici ensemble. Et tenez, je parierais que ces deux autres campés près du chevalier, doivent être de la partie: Boirin et Courtin, deux ex-valets du comte de Rochefort, deux enragés qui monteraient dans la lune pour y cueillir une noisette. Ils ont causé aussi hier, avec l'homme au masque.

— En tous cas, il n'est guère exact à ses rendez-vous, ton homme au masque.

— Le brouillard qui l'arrête.

— Si dans dix minutes il n'est pas arrivé nous partirons.

— Comme il vous plaira, maître. Mais... Ah!...

Occupé tout en causant, — et bien qu'il eût raillé l'intérêt qu'y prenaient les assistants, — des péripéties diverses de la lutte. Marc Bélier n'avait pas remarqué un homme, au visage recouvert d'un loup en velours noir, qui, furtivement entré dans la taverne s'était aussitôt dirigé vers la table où le serviteur de Fine-Mouche était assis avec son maître.

Au contact subit d'une main sur son épaule, Marc Bélier s'était interrompu court en se retournant, à l'aspect du nouveau venu il poussa une exclamation joyeuse.

— Ah! dit-il, j'en étais bien sûr que vous ne me feriez pas faux-bon, cher monsieur!

L'étranger sourit.

— Et qui est-ce qui en doutait? répliqua-t-il.

— Moi, repartit Fine-Mouche.

— Vous?

L'homme masqué considéra son interlocuteur.

— Et de quoi vous mêlez-vous, vous? Je n'ai pas affaire à vous.

Fine-Mouche sourit à son tour.

— Voilà ce qui vous abuse, monsieur; vous avez... il faut que vous ayez affaire à moi.

— Hein! — Quel est ce mauvais plaisant?

— Il n'y a pas un mauvais plaisant ici, il y a un homme qui vous dit: „Vous avez besoin de mon serviteur, soit! Mais encore pour employer le serviteur, est-il nécessaire que le maître le permettra. Dites-moi donc ce que vous voulez, et si la besogne est de mon goût, eh bien! j'aime l'argent aussi, moi, pour un ouvrier vous en aurez deux, le maître et le serviteur.

L'homme masqué interrogeait de l'œil, Marc

Bélier comme pour lui demander l'explication de cet épisode imprévu. Marc Bélier, dodelinant comiquement la tête, répondit :

— Mon Dieu, c'est comme ça, cher monsieur, je ne m'appartiens plus depuis que j'ai eu l'honnêur de vous voir... de vous voir... à peu-près, car on ne vous voit guère avec votre machine sur le nez! Après ça, si vous avez peur des mouches, n'est-ce pas! — j'appartiens au jeune gentilhomme ci-présent.

— Et ce... jeune gentilhomme se nomme?

— Fine-Mouche pour vous servir, seigneur, dit Valentin Caillat en saluant.

— Fine-Mouche, un nom qui promet en effet, mais...

— Mais voilà bien des paroles perdues. A prendre ou à laisser, cher seigneur : le maître et le valet, et encore je vous le répète, si l'affaire est dans mes eaux et si les conditions me plaisent. Prenez donc ou laissez... mais décidez-vous. Ah ça! mais ces malheureux se battent sérieusement, maintenant. On ne s'entend plus, c'est insupportable! Marc, mon ami, va donc un peu mettre le hola, là-bas.

Pendant l'entretien rapide de nos trois personnages, la lutte courtoise des deux tireurs de bois s'était en effet métamorphosée. L'un d'eux, Michaud, ayant eu le dessous n'avait rien trouvé de mieux pour se venger que de happer à belles dents le bras de son vainqueur, et ce dernier se sentant mordu, s'était mis tout bonnement en devoir d'étrangler, de la main qui lui restait libre, son ami...

Le tout aux acclamations enthousiastes des assistants, ravis de voir le combat prendre ces intéressantes proportions.

Marc Bélier perçant la foule, arriva juste à l'instant où Michaud desserrant forcément les dents sous l'étreinte violente de Simon, semblait près de rendre l'âme avec la langue.

— Quoi! quoi! qu'est-ce que c'est? dit-il, on se cogne donc pour de bon ici? Merci... En voilà un jeu! Et vous, tas de vauriens, vous n'avez pas honte d'asticoter deux chrétiens comme deux chiens! Tenez, je ne sais quoi me retient de flanquer une demi-douzaine d'entre vous par la fenêtre dans la rivière. Allons! A vos places, tas d'idiots, et vous les amis qu'on s'embrasse, et plus vite que ça, ou je me fâche!

A cette apostrophe de l'hercule qui, tout en parlant, avait séparé les deux combattants, — en enlevant de terre chacun d'eux, d'une main à bout de bras par le collet de son pourpoint, — pages, laquais, écoliers et voleurs, — nous aurions pu nous contenter de dire tout simplement: voleurs, — s'étaient empressés de regagner leurs tables respectives. Un seul, un drôle dépenaillé, huché sur une escabelle, afin de pouvoir mieux contempler le tournoi, s'avisa de s'offenser pour sa part, de l'injonction impérative à laquelle la masse avait jugé prudent d'obéir. — Il ne connaissait pas Marc Bélier sans doute, celui-là, comme le connaissaient les autres; il ignorait que personne parmi les plus solides et les plus braves clients du *Chat-qui-dort*, n'était de force à lui résister.

— Et puis, s'écria-t-il en ricanant, à qui est-ce qu'il en a, ce gros plein de soupe, avec ses vauriens, ses idiots et sa honte ! Si ça nous amuse, nous, de voir des chrétiens se dévorer, je te trouve pas mal gêné encore, toi, l'ahuri, de venir nous déranger!

Un murmure de stupeur se produisit dans la taverne; et l'homme masqué demeuré près de Fine-Mouche, et le chevalier Landry et ses acolytes, Boirin et Courtin, — qui tous trois sur un signe, venaient de rejoindre celui qui semblait être leur chef, — ne furent pas les moins attentifs à observer ce qui résulterait de l'acte de rébellion audacieuse du sacripant.

Marc Bélier du reste ne paraissait pas s'en émouvoir beaucoup. Souriant au contraire en tournant la tête du côté du révolté, sans lâcher les tireurs de bois:

— Tiens! tiens! fit-il, il est cocasse ce petit sur son escabeau! Oh! le bel oiseau! C'est qu'il siffle comme un merle!

— Oui, et un vrai merle, qui a bec et ongles! Veux-tu en tâter? Arrive!

Le bandit avait sauté à terre et tiré de sa ceinture un long couteau.

— Oh! oh! reprit Marc Bélier, l'oiseau a des griffes! Eh bien, attends une seconde, l'amour! le temps de rapatrier ces braves en leur frottant amicalement le museau, et je suis à toi.

Et en effet, rapprochant visage contre visage, comme il eût fait de deux enfants, Simon et Michaud, toujours suspendus dans le vide, Marc Bélier poursuivit:

— Et puis, j'ai ordonné qu'on s'embrasse, s'embrasse-t-on?

— Oui, oui, balbutièrent les pauvres diables à demi suffoqués par cette sorte de pendaison; oui, monsieur Marc Bélier, c'est fini, nous n'avons plus envie de nous battre!

— A la bonne heure! Allez boire alors, mes chéris.

Et toi, le merle, à nous deux!

Laissant retomber son fardeau humain en même temps, d'un bond prodigieux, Marc Bélier s'était élancé vers l'homme au couteau qui, bien que surpris par cette agression soudaine, n'en avait pas moins levé son arme pour frapper au hasard. Mais il n'y avait pas de hasard contre Marc Bélier. Avant que le couteau se fût abaissé, celui qui le tenait poussait un cri étouffé en recevant comme un coup de masse en pleine poitrine...

Cette masse n'était autre que la tête du serviteur de Fine-Mouche; sa tête, dont à l'exemple de l'animal cornu dont il portait le nom, il savait faire à l'occasion un formidable usage.

Une explosion de hurrahs salua le haut fait de Marc Bélier; lui pourtant, — sans plus se préoccuper de sa victime étendue sur le sol et rendant le sang à flots par le nez et par la bouche, — lui comprima du geste l'essor de ces clameurs flatteuses et s'écria : Et maintenant, mes chérubins, tâchez de rester un peu tranquilles, hein? J'ai à causer avec quelques messieurs, buvez donc... saoulez-vous tout à votre aise! Bon! Mais par les cornes à papa, je vous en prie, ne beuglez pas trop!

VII

Le chevalier Landry. — L'expédition. — Qui prouve que Fine-Mouche pensait à tout.

Était-ce à dessein que Fine-Mouche avait donné à son valet l'occasion de déployer en présence de l'homme masqué sa vigueur extraordinaire? Quoi qu'il en fût, lorsque, la paix rétablie par ses soins dans la taverne, Marc Bélier rejoignit la table où se trouvait maintenant, nous l'avons dit, près de son maître en sus de l'étranger, le chevalier Landry et MM. Boirin et Courtin, l'homme au loup comme entraîné par un sentiment d'admiration s'écria en frappant sur l'épaule de l'hercule:

— Ah! ventrebleu! Avec un millier de gaillards comme toi, l'ami, on aurait bientôt fait de détrôner le roi de France!

— C'est vrai! dit Fine-Mouche; malheureusement les gaillards de cette espèce sont rares! Aussi on les paie cher.

L'homme au loup toisa Fine-Mouche.

— J'ai promis cinq cents livres tournois à ce garçon, fit-il; est-ce que ce prix ne vous semble pas raisonnable?

— Très-raisonnable, pardon; repartit Fine-Mouche; si raisonnable, — je suis bon prince, — que je n'en demande pas davantage pour ma part, pour mettre mon valet à vos ordres... et pour m'y mettre moi-même... toujours, bien entendu, quand je saurai de quoi il retourne.

Pendant ces explications, le chevalier Landry considérait alternativement Fine-Mouche et l'homme masqué; et en réalité le chevalier avait lieu de s'étonner à son tour. Il ne connaissait pas Fine-Mouche; il ne connaissait qne Marc Bélier qu'il avait désigné personnellement au baron de Végole, — pourquoi ne confierions-nous pas en passant, au lecteur, que l'homme masqué n'était autre que M. de Végole? — comme un instrument des plus convenables dans la circonstance; et voilà que cet instrument rencontré libre, se présentait à cette heure en main d'un individu qui se réservait le droit exclusif de le manœuvrer; voilà qu'au lieu d'un homme on en avait deux! Mais quel était le second? — Le premier plutôt. — Qu'était-ce que ce maître, qu'était-ce étranger, qu'on n'avait pas appelé et qui de son propre arbitre était venu?

Le baron lut toutes ces pensées dans les yeux du chevalier; — il les avait eues avant lui; mais le temps pressait; d'ailleurs l'excentricité même de la démarche de Fine-Mouche n'avait pas déplu à de Végole; il le prenait pour un de ces coupe-jarrets comme il en fourmillait alors, dans toutes les classes, tout prêts, toujours et partout, à profiter d'un joint pour se fourrer dans une affaire où il y avait de l'or à gagner.

— Monsieur se nomme Fine-Mouche, dit Landry, et il s'offre pour être des nôtres.

Le chevalier eut une moue de dédain superbe.

— Fine-Mouche, répéta-t-il; qu'est-ce que c'est de ça, Fine-Mouche?

— Un ami... ou un ennemi, au choix des amateurs, repartit gracieusement Valentin.

Le chevalier allait répliquer; le baron ne le lui permit pas.

— Et nous acceptons l'ami, dit-il vivement. Nous l'acceptons très-volontiers.

Et, s'adressant à son affidé, de Végole conclut d'un ton d'autorité: „Je le veux!"

Landry fronça le sourcil.

— Soit, reprit-il; cependant dans toute expédition bien organisée, il ne faut qu'un chef, et je déclare que si ce n'est pas moi qui reste le chef dans celle-ci, je me retire.

— Et qui vous parle de vous enlever le pouvoir, cher monsieur! s'écria Fine-Mouche avec une bonhomie affectée. Tudieu! je serais bien difficile de ne pas m'estimer très-honoré de marcher sous le commandement d'un homme de votre calibre! nous serons vos soldats, chevalier, et rien que vos soldats, mon valet et moi! Et vos soldats dociles, — reste la question, avant de nous enrôler, de connaître le genre de l'expédition.

— Voici ce dont il s'agit, dit le baron, en baissant la voix pour n'être entendu que de ceux qui l'entouraient; demain, ou plutôt, ce matin, à cinq heures, six hommes à cheval sortiront de Paris par la porte Saint-Denis, se dirigeant vers la route d'Amiens.

— Bon, et quels seront ces hommes?

— Une sorte d'écuyer, deux domestiques et trois hommes d'armes.

— Très-bien.

— Vous vous trouverez à quatre heures et demi, monsieur Fine-Mouche, vous et votre valet, aux Fossés-Jaunes, près de la porte Saint-Denis, où vous attendront, avec des chevaux, le chevalier Laudry et MM. Boirin et Courtin.

— Convenu.

— Vous suivrez, à distance, les six hommes en question.

— En question! Mais qui nous assurera que les six individus que nous suivrons seront ceux qu'il nous faudra suivre?

— Ne vous inquiétez pas. Le chevalier en connaît deux... dont un de vue et l'autre particulièrement.

— C'est différent. — Et nous suivrons ces six hommes où cela, et jusqu'où?

— Ceci, je l'ignore. Ce que je sais seulement, c'est que la durée de leur voyage ne doit pas dépasser cinq à six heures.

— Une traite d'une quinzaine de lieues, alors. Ce n'est pas fatigant. Après?

— Après... — Les voyageurs, arrivés à destination, s'y reposeront sans doute quelque temps.

— Naturellement.

— Puis ils reviendront du côté de Paris.

— Toujours dans le même nombre?

— Oh! ce nombre se sera augmenté d'une unité... d'une mince unité: un enfant, un petit bonhomme de douze à treize ans.

— Ah! ah!

— Comme vous aurez eu tout le loisir de prendre vos dispositions, pendant leur halte,

— et pour peu surtout que cette halte soit prolongée jusqu'au soir, ce que j'espère, — vous les aurez prises telles que les six voyageurs...

— Et l'enfant...

— Et l'enfant, — soient fort embarrassés, à un moment donné, pour poursuivre leur route.

— Embarrassés? Comment cela? Nous leur jetterons donc de bâtons dans les jambes de leurs chevaux?

— Des bâtons dans les jambes des chevaux et des balles dans la tête des cavaliers; à votre guise.

— Bien, bien! Compris. Un guet-apens?

— Non pas un guet-apens... une simple embuscade.

— Enfin, nous tuerons les hommes... les six hommes?...

— Cinq; on épargnera celui qui a l'avantage d'être connu particulièrement du chevalier; l'un des domestiques; — et, au surplus, celui-là aura soin le premier, dès le début de l'action, de s'abriter en passant dans vos rangs.

— A merveille. C'est trop juste, si ce garçon est de nos amis, il serait fâcheux de l'envoyer *ad patres* avec les autres.

Et l'enfant?

— L'enfant?

De Végole hésitait.

— Oui, reprit Fine-Mouche, le petit bonhomme de douze à treize ans, est-ce qu'on le tuera aussi ?

— Non, reprit enfin le baron, non. Il ne faudra pas le tuer.

— Je m'en charge, dit Landry.

— Vous vous chargez de quoi... monsieur le chevalier ? dit Fine-Mouche.

— Je me charge de lui, parbleu, répliqua le bandit ; je le prendrai avec moi sur mon cheval et je le rapporterai à Paris.

— Ah ! vous le prendrez avec vous ?

— Sans doute ! Y trouvez-vous à redire, monsieur Fine-Mouche ?

— Nullement, chevalier ! Du moment que vous vous chargez de ce pauvre petit, me voilà rassuré, au contraire. Je suis franc ; tuer des hommes... quand ça rapporte gros... bon ! Mais des enfants ! Peuh !...

— Et bien ! c'est cela, Landry, dit de Végole qui, réflexions faites, semblait approuver sincèrement les intentions du chevalier, tu rapporteras l'enfant à Paris... et nous aviserons plus tard ensemble à le caser quelque part... Maintenant...

— Maintenant, tout est dit je pense, cher monsieur, interrompit brusquement Fine-Mouche en se levant ; donc, avec votre permission, mon serviteur et moi nous irons nous coucher. La nuit s'avance ; et des gens près de se mettre en campagne ont besoin de goûter un peu de repos.

En route, Marc. Au revoir, messieurs; à quatre heures et demie aux Fossés-Jaunes.

Ces mots prononcés, Fine-Mouche se disposait à s'éloigner; mais le baron, se plaçant devant lui:

— Ainsi, vous acceptez, fit-il. Vous acceptez... pour vous... et pour votre serviteur.

Fine-Mouche se mit à rire.

— Mais oui, j'accepte... pour mon serviteur et pour moi!... Oui, combien de fois faudra-t-il vous le dire?

— Mais vous ne me l'avez pas dit une seule.

— Comment pas une seule! Je n'ai pas dit: „*au revoir*“ à ces messieurs? Or, *au revoir*, n'est-ce pas un engagement?

— Mais le prix de vos services?

— N'est-il pas convenu? Cinq cents livres pour moi, cinq cents livres pour Marc Bélier.

— Et vous n'exigez pas d'avances?

— Des avances! Pour qui me prenez-vous, seigneur! J'aime qu'on ait confiance en moi... je dois avoir confiance dans les autres.

Au revoir, une fois encore, chers messieurs. A bientôt.

. . . .

— Un original! murmurait le baron, en regardant Fine-Mouche suivi de Marc Bélier, sortir du cabaret. — Il me plaît!

— Et moi, il ne me plaît pas! grommelait le chevalier entre ses dents.

. . . .

— Comme ça, réellement, maître, nous allons servir l'homme au masque? disait Marc Bélier à Fine Mouche. L'idée de cette tuerie en embuscade ne vous offusque pas un brin?

Fine-Mouche ne répondit pas; arrêté près d'une mâsure, sur le quai, par l'huis entr'ouvert de laquelle perçait un filet de lumière, il considérait attentivement un objet.

— Tiens! reprit Marc Belier, qu'est-ce que vous examinez donc là, maître? Comme ça brille! on dirait une montre... et une belle encore, ma foi!

Fine-Mouche remit l'objet dans sa poche, et gaiement:

— J'examinais, répliqua-t-il, un moyen *que j'ai trouvé*... de te faire donner peut-être... un de ces matins...ta maisonnette, par l'homme au masque, mon gros.

— Bah! pas possible! Et ce moyen?

Les yeux fixés sur son maître, Marc Bélier ne regardait pas devant lui en marchant; mal lui en prit, car un trou se rencontra sous ses pas, dans lequel il faillit s'abîmer.

— Ouf! fit-il en sautant de côté.

— Voilà ce que c'est que d'être curieux, dit en riant Fine-Mouche. Le bon Dieu vous punit.

VIII

Où l'on voit une des Trois Luronnes et Cloud Dargent, le meunier de Baille-Libelle.

Breuil-le-Sec est un charmant village du département de l'Oise, arrondissement et canton de Clermont-Oise, ci-devant province de l'Ile-de-France et diocèse de Beauvais. Une mignonne rivière, la Brèche, sur laquelle manœuvre, de temps immémorial, un moulin à farines et à huile, appelé le moulin de *Baille-Libelle*, côtoie Breuil-le-Sec. Le terroir de cette commune est en petite culture, partie en prairies et en vignes; en 1621 il était entouré, et en quelque sorte enfoui comme un nid de bergeronnettes dans des joncs, de forêts immenses, alors réunies sous un seul nom: la forêt de Servais, et qu'on a subdivisées depuis en forêts de l'Aigle, de Compiègne, de Chantilly, de Hez, etc., etc.

Le 26 avril, — soit le jour où devait avoir lieu l'expédition que nous venons de voir organiser par le baron de Végole, — à deux heures de l'après-midi, le fils du meunier de Baille-Libelle, Cloud Dargent, — Cloud, de son nom patronimique, Dargent, de son nom de famille, — s'acheminait, portant un bouquet de lilas, —

était-ce bien un bouquet? N'était-ce pas plutôt une botte? — vers une habitation, sise au centre du village, et qui se distinguait de ses voisines, — des chaumières, pour la plupart, construites en torchis et couvertes de chaume, — par ses murs en pierre de taille, ses cheminées en briques, ses toits de tuiles rouges, et l'étendue des jardins, plantés de magnifiques arbres et ceints d'une haie vive, au milieu desquels elle s'élevait.

Le *Petit-Castel*, ainsi nommait-on, dans le pays, la maison susdite. Un vrai petit château, en effet, dont plus d'un bourgeois de nos jours, amateur forcené de villégiature, se contenterait très-volontiers.

C'était un fier gars que Cloud Dargent, le fils du meunier de Baille-Libelle! Vingt-six ans, une haute taille; la figure de la forme ovale la plus pure; le front un peu bas, peut-être, mais ombragé de luxuriantes boucles d'un si beau blond! Des yeux bleus; des dents comme des perles. Et avec tous ces avantages physiques tant de qualités morales! Aussi bon que brave, aussi doux que fort! Ah! les filles du pays, à dix lieues à la ronde, le reluquaient toutes, notre jeune meunier. Mais ce n'était pas pour leur cœur que son cœur battait! Non; c'était...

Il va vous l'apprendre lui-même.

Portant d'une main sa brassée de lilas, aussi aisément que si c'eût été une simple rose enlevée à sa tige, Cloud Dargent avait pénétré dans le jardin du Petit-Castel par une grille faisant face à la place du village; en trois enjambées, il franchit une avenue de tilleuls aboutissant à l'habitation, gravit un perron et entra sans balancer, — comme quelqu'un qui connaît les êtres et qui y a ses coudées franches, — dans une vaste salle à manger, au milieu de laquelle une grosse servante, à l'air réjoui, — Jeannette, — était justement occupée, à ce moment, de dresser un couvert.

— Oh! s'écria Jeannette, en s'arrêtant, ébahie dans sa besogne, oh! les belles fleurs! les belles fleurs!

— Mais oui, repartit le meunier d'un ton où perçait quelque orgueil. C'est du lilas; ça vient d'un pied qu'on m'a donné l'année dernière au château de Breteuil; et comme il n'y en a pas encore de fleuri chez vous, j'ai pensé que mon bouquet ferait plaisir à la demoiselle! (1)

— Et vous avez eu raison de penser cela, Cloud, et je vous remercie de votre aimable attention, mon ami.

C'était *la demoiselle* elle-même qui avait prononcé ces paroles en se montrant tout d'un

(1) Originaire du Levant, le lilas n'avait été apporté qu'en 1597, en Europe, par l'ambassadeur Busbecq; il était donc assez rare encore en France au commencement du dix-septième siècle.

coup sur le seuil de la salle. Le pendant comme femme, de Cloud Dargent, que Christina Boissy. Vingt-quatre printemps; grande, belle, blonde ; — seulement elle avait les yeux noirs, elle; une beauté de plus chez une blonde; — de grands yeux, frangés de longs cils recourbés.

Le meunier était devenu rouge comme une cerise à l'aspect de la demoiselle; dans son trouble, il faillit laisser choir le bouquet.

— Eh bien! reprit gaiement Christina, à quoi songez-vous donc! Vous allez jeter votre cadeau par terre!

— Hein! C'est vrai, pardon, mademoiselle... c'est que...

— Vite, Jeannette, des vases avec de l'eau pour mettre ces fleurs. Oh! mais c'est de la folie, Cloud! Vous en avez trop cueilli.

— Il y en a trop? Vous n'êtes pas contente?

— Je suis très-contente... seulement vous avez eu tort de dévaster ainsi votre parterre. Votre mère vous grondera.

— Maman ne me gronde jamais quand il s'agit de vous, mademoiselle! Elle vous aime, maman... et papa aussi vous aime! Et moi pareillement je...

— Je le sais bien que vous m'aimez tous... mais ce n'est pas un motif pour... — Oh! oui, je suis aise que vous m'avez apporté ce lilas, mon bon Cloud! Quel parfum!... Mon père et mes frères... et notre cher cousin Juan... vont être embaumés en rentrant.

Vous restez à dîner, j'espère, pour recevoir leurs compliments?...

— Non!... Oh!... Vous êtes bien aimable, mademoiselle... mais ce n'est pas dans l'idée de dîner...

— Que vous êtes venu? C'est possible, mais qu'importe! Dînez tout de même... — A moins qu'on ne vous attende au moulin.

— Oh! on ne m'attend pas!... mais...

— Mais?... Vous avez à parler à mon père, peut-être?... Raison de plus pour rester.

— Raison de plus... certainement que je serai très-honoré... D'ailleurs, il faudra bien un jour ou l'autre que je dise aussi à M. Pierre Boissy... — Seulement, vous concevez, mademoiselle, je préférerais d'abord... avec vous, il me semble que j'aurais moins peur de... — Il a l'air si sévère quelquefois, monsieur votre père! Avec vos frères, c'est différent... c'est différent... c'est-à-dire non... ce n'est pas différent; je n'oserais pas leur rien dire non plus à eux... parce que je parie qu'ils se moqueraient de moi! Et dame... s'ils se moquaient de moi, ça me ferait tant de peine, mais tant de peine!...

Planté droit en face de Christina, en train de disposer artistement les lilas dans deux splendides vases en faïence de Nevers, le meunier, tournant et retournant son chapeau entre ses doigts, avait une mine si comique que la jeune fille n'y tint point; elle éclata de rire...

Et, voyant rire sa maîtresse, Jeannette se mit à rire aussi...

Du rouge, le visage de Cloud passa à l'écarlate.

Les bonnes natures ont toutes les pitiés, même celle du ridicule. Christina n'eut pas plutôt laissé se produire son accès de gaîté railleuse qu'elle se le reprocha, surtout en le voyant imité par une servante.

— Laissez-nous, Jeannette, dit-elle.

Jeannette s'éloigna. — Christina tendit la main à Cloud.

— Pardon, fit-elle.

— Pardon... de quoi? dit-il ingénument. Ah!... de ce que... Oh! mais vous, ça m'est égal, mademoiselle, que vous vous moquiez! Ça m'est égal, sans m'être égal! Je veux dire que, de votre part, je souffrirais tout sans me plaindre, parce que... — comment vous exprimer ça?... — parce qu'il me semble que quand même vous me couperiez en trente-six mille morceaux, vous, eh bien! du moment que ça vous ferait plaisir de me faire du mal, ça ne devrait donc pas m'en faire à moi! Comprenez-vous, mademoiselle?

Christina était devenue sérieuse. Elle s'assit, et montrant une chaise, à ses côtés, au meunier:

— Mon ami, dit-elle, je mentirais en feignant de ne pas vous comprendre en effet... d'autant mieux que je n'ai pas eu besoin d'attendre cette heure pour cela.

Cloud sauta sur sa chaise.

— Hein! s'exclama-t-il, vous auriez deviné?...

Elle sourit doucement.

— Et je ne suis pas la seule personne ici qui ait deviné que vous m'aimez.

— Comment! monsieur votre père...

— Depuis longtemps, mon père et mes frères ont lu... comme j'y ai lu moi-même... dans vos yeux.

— Il serait possible!... Alors... si M. Pierre Boissy et MM. Luis et Fernando... et vous, mademoiselle... vous ne m'avez pas chassé de cette maison, c'est donc...

— C'est que mon père, mes frères et moi, Cloud, nous vous avons tous en trop grande estime pour nous offenser d'un sentiment qui, — fussiez-vous convaincu qu'il n'est point partagé, — ne saurait nous exposer à rien de blâmable ou de répréhensible de votre part.

Le jeune meunier tressaillit.

— Ah! balbutia-t-il, alors... — au fait! A quoi pensais-je! Est-ce qu'une belle demoiselle comme vous, instruite, bien élevée, peut aimer un paysan comme moi! Et pourtant... Voyons, mademoiselle Christina... je ne suis qu'un paysan, c'est vrai... mais je suis riche, je suis fils unique... et papa et maman me l'ont répété pas une fois, mais mille, tout ce qui est à eux est à moi!.. Sans doute, ce n'est pas ça qui peut vous tenter, puisque M. Pierre Boissy a de la fortune, lui aussi,... mais enfin de ce côté, déjà, je ne suis pas trop en arrière de vous. Maintenant, quant à l'éducation, aux manières... dame, depuis que je vous aime... autrement dit depuis que je vous connais... n'ai-je pas fait tout ce que j'ai pu pour me dégrossir en même temps de corps et d'esprit? Le corps n'y a pas gagné broutille, peut-être, — et ce n'est pas ma faute... — mais l'esprit... Je lis et j'écris presque aussi bien que M. Juan... — Ah!... Vous me le disiez vous-même il y a deux jours encore!... — Et si ça ne suffit pas... eh bien! je continuerai de travailler, donc! J'apprendrai le latin si vous l'exigez, mademoiselle! Oui je l'apprendrai, quand je devrais y passer mes jours et mes nuits. Vous secouez la tête. Je suis bête, hein! J'aurais beau devenir savant comme monsieur le curé, vous ne voudriez pas de moi davantage? Et pourquoi ne voulez-vous pas de moi? Pouvez-vous me le dire, au moins? Si c'est à cause d'un défaut, j'essayerai de m'en corriger.

Deux grosses larmes roulaient le long des joues du paysan; Christina souriant toujours elle, mais d'un bon et indulgent sourire alors, lui tendit de nouveau la main :

— Je vous ai laissé parler, Cloud, fit-elle, voulez-vous me permettre de m'expliquer à mon tour ?

— Pardi ! Oh ! je vous écoute, mademoiselle... et aussi longtemps qu'il vous conviendra.

— Oh ! Je n'ai que deux mots à vous de r, moi.

— Deux mots... — qui me feront plaisir.

— Si vous êtes raisonnable, oui.

— Oh ! si je suis raisonnable ! Ne le dites pas, allez, vos deux mots, je les connais d'avance ! Vous ne m'aimez pas !

— Je ne puis pas vous aimer comme mari... mais je vous aime, je puis vous aimer comme ami.

— Comme ami ! Et pourquoi ne pouvez-vous pas m'aimer comme mari ?

— Parce que je ne m'appartiens pas.

— Et à qui appartenez-vous donc ?

— Ceci n'est pas mon secret, mais celui de mon père. Je me suis engagée à vous répondre en deux mots, ces deux mots sont dits. S'ils ne vous agréent point, si le seul sentiment qu'il me soit permis de partager avec vous ne vous satisfait pas, j'en suis fâchée, Cloud, adieu.

Christina s'était levée, un peu pâle, mais calme et grave. Dominé par cette contenance imposante, le jeune meunier se leva à son tour et, sans savoir ce qu'il faisait, il gagna en chancelant, la porte de la salle.

Mais le cœur d'un amoureux est, de tous les cœurs humains, celui que l'espérance a le plus de peine à abandonner.

— Un mot encore, mademoiselle? dit Cloud en se retournant. Est-ce seulement maintenant, ou est-ce à toujours que vous me défendez d'espérer de vous épouser?

L'expression du visage de Christina se détendit. Et comment n'eût-elle pas été émue de cette prière dont elle pressentait le but.

— J'ai parlé du présent, mais je n'ai pas parlé de l'avenir, répondit-elle.

Le jeune meunier se précipita, et à genoux, saisissant, non pas la main, mais le bas de la robe de Christina sur lequel il colla ses lèvres:

— Oh! mais, en ce cas, je ne demande plus rien! s'écria-t-il. L'avenir... vous me laissez l'avenir, mademoiselle! oh! j'attendrai! j'attendrai, s'il le faut, toute ma vie!... — Et après encore. Jusque dans le paradis! — D'abord, est-ce qu'il peut y avoir un paradis pour moi sans vous?

IX

Pierre Boissy et ses fils, Luis et Fernando. — Comment Cloud Dargent qui était très-content de dîner au Petit-Castel, ne mangea guère à ce dîner.

Un bruit de voix retentissant dans le jardin, mit fin à l'extase amoureuse de Cloud Dargent; il s'emprossa de se relever...

Christina ne bougea point, ses traits ne décélèrent aucun trouble. Qui n'a rien à se reprocher ne redoute rien.

C'était le maître du logis, Pierre Boissy, ses deux fils Luis et Fernando, et Juan, son neveu, qui revenaient de la chasse.

Nous aurons occasion bientôt de donner en détail, comme cela est nécessaire, le portrait de Luis et de Fernando; pour le moment nous nous contenterons de dire que Luis avait vingt ans, et Fernando vingt et un, qu'ils étaient beaux, et qu'ils se ressemblaient extraordinairement l'un l'autre.

Pierre Boissy était un homme de cinquante ans, doué d'une physionomie qui se distinguait sur tout par son caractère de franchise et de bonté.

Quant à Juan, vous avez vu sans doute ce

tableau de Comte, représentant la duchesse de Guise faisant jurer sur la bible à son fils, âgé de douze à treize ans, de venger la mort de son père? Eh bien, d'après l'image du jeune prince tracée par ce peintre déjà célèbre, vous pouvez vous faire une idée exacte de Juan. Un enfant de corps et de taille, un homme du regard, un de ces regards sérieux et pensifs qui reflètent comme l'éternel fardeau d'une immense douleur. — La forme d'une simplicité sévère de ses vêtements et leur couleur ajoutaient à l'aspect presque austère, en dépit de sa grande jeunesse, de Juan. — Il était entièrement vêtu de noir. — Tout le monde, du reste, même les domestiques, portait le deuil au Petit-Castel.

Un valet avait pris sur le perron, les fusils et les carniers des chasseurs, et emmené les chiens au chenil. Un seul de ces animaux, — *Valiente*, un superbe levrier appartenant en propre à Juan, — eut le privilége de suivre son maître dans la salle à manger.

Pierre Boissy et ses fils avaient salué cordialement Cloud Dargent en entrant, Juan, seul, non à dessein, mais par distraction ne lui avait rien dit.

— Bonjour, monsieur Juan, fit le meunier en s'avançant vers l'enfant.

Immobile devant les lilas posés sur l'appui d'une croisée, Juan tressaillit comme quelqu'un qu'on arrache brusquement à ses méditations.

— A bonjour, Cloud, répliqua-t-il, je ne t'avais pas vu... excuse-moi.

— Comment donc, monsieur Juan! Vous régardiez ces fleurs. Elles sont jolies, pas vrai?

— Oui, elles me rappellent que ma mère aimait à la passion leur parfum.

Il y eut un silence, cependant Jeannette apportait le potage.

— Allons! A table! dit Pierre Boissy. — Et à Cloud: — Tu dînes avec nous, mon ami?

Le meunier rougit, il rougissait comme une fille cet Apollon rustique.

— Dame, monsieur Boissy, mademoiselle Christina m'a invité.

— Eh bien! si Christina t'a invité, et que tu aies accepté... mets-toi donc à table. — Juan?

Un second appel avait été nécessaire pour que l'enfant vînt prendre sa place entre ses deux cousins.

Cloud, lui, — un avant-goût du paradis, à coup sûr, Cloud était assis près de Christina.

— Et la chasse a-t-elle été heureuse? dit le meunier, qui sentait d'instinct, qu'on lui saurait gré d'entamer la conversation.

— Hum! repartit Luis, non, nous n'avons pas rapporté grand-chose. D'ailleurs nous étions allés dans la forêt moins pour chasser que pour nous promener.

Et puis ce n'est plus guère le temps de la chasse.

— C'est vrai, nous sommes au printemps... au renouveau... faut bien laisser aux chevreuils, aux lièvres, aux lapins le temps de... Enfin, sans ça, n'est-ce pas, ces pauvres bêtes... si on ne leur permettait pas...

Cloud s'embarrassait dans sa phrase d'un sens assez risqué, en effet en présence de certaines oreilles.

— Et des loups, s'écria-t-il, se rattrapant ainsi, non aux branches mais aux oreilles, et des loups, en avez-vous vu?

— Non, repartit Fernando.

— Ah! tant pis! les loups ça peut se tuer en toute saison, ça! Je me rappelle celui que vous avez abattu au mois de février... il était de taille! Au fait, c'est M. Juan, je crois, qui a eu l'honneur de lui loger le premier une balle entre les deux épaules.

Juan hocha la tête.

— Une belle prouesse! fit-il. Qu'est-ce que de tuer une bête fauve avec un fusil?... Il s'agit d'avoir un peu de coup-d'œil, voilà tout! Toi, Cloud, à la bonne heure... quand tu rencontres un loup, tu l'étrangles entre tes mains...

— Oh! mais moi, je suis un paysan, monsieur Juan.

— Un paysan de la force de Milon le Crotoniate, oui... capable de porter un taureau sur ses épaules et de l'assommer d'un coup de poing.

— Oh! d'un coup, je ne sais pas, mais de deux, peut-être bien.

— Oh! que je voudrais avoir ton âge, Cloud, et être fort comme toi!

— Pour assommer des taureaux?

— Pour m'en aller comme les grands hommes dont parle Plutarque, faire la guerre et surtout...

— Surtout.

— Surtout pour punir les méchants. Les méchants qui font les femmes veuves et les enfants orphelins!

En prononçant ces mots, Juan, l'œil chargé de menaces, brandissait dans le vide son petit poing convulsivement serré.

— Juan, dit Pierre Boissy, vous m'aviez promis d'être sage... et vous ne l'êtes pas!

Le petit garçon arracha sa serviette, la jeta et se levant:

— Eh bien, c'est vrai... dit-il, pardonnez-moi, mon oncle... j'oublie que je vous ai promis de ne plus avoir de ces accès d'irritation... de colère... mais c'est indépendant de ma volonté... Aujourd'hui, principalement je ne sais pas ce que j'ai... oh! mais mon cœur est si triste, si triste! C'est peut-être le souvenir de ma mère qui... — Oh! ma mère, ma chère mère! Dire que je ne la verrai plus, plus jamais !... Mon oncle, Luis, Fernando, Christina... — et toi aussi, mon bon Cloud... tenez... je n'ai pas faim, voyez-vous... pas faim du tout... Dînez sans moi. Moi...

— Vous, Juan, vous allez vous asseoir dans ce fauteuil, ici, près de ces fleurs qu'aimait votre mère. Vous allez vous reposer.. dormir quelques instants. • Et quand vous aurez dormi... en rêvant *d'elle*... vous vous réveillerez apaisé. Allons, venez.

C'était Christina qui parlait ainsi, et l'enfant, subissant l'influence des accents mélodieux de la jeune fille, obéit, il s'étendit dans le fauteuil désigné, puis, une de ses mains sur la tête de Valiente son chien fidèle, posée sur ses genoux, il poussa un soupir en regardant une fois encore les gerbes de lilas, sourit à Christina et ferma les yeux.

Quelques secondes plus tard, il était plongé dans un profond sommeil.

Demeurée, jusque-là, debout près de Juan, Christina allait retourner reprendre sa place à table, lorsqu'en se portant au dehors, par l'entrebâillement d'une fenêtre ouvrant sur l'avenue de tilleuls, ses yeux aperçurent quatre hommes à cheval qui se dirigeaient vers l'habitation.

Elle poussa une exclamation de surprise, aussitôt suivie d'une exclamation de joie.

— Qu'est-ce donc ? fit Pierre Boissy.

— Je ne me trompe pas... dit la jeune fille,

je ne me trompe pas, cher père! C'est le senor Ramon Gimenez que je vois!

— Ramon Gimenez! répéta Pierre Boissy en bondissant aux côtés de Christina, pour regarder à son tour dans l'avenue. Oui!... oui! c'est lui, c'est bien lui! C'est Ramon Gimenez porteur du signal convenu: l'écharpe verte! Mon Dieu! mais alors le marquis... notre cher Jüan!... Ah!...

Dans un transport d'ivresse indicible, Pierre Boissy s'était approché de l'enfant endormi; sa main s'étendait vers lui pour l'éveiller.

Mais s'arrêtant, frappé d'une réflexion subite:

— Non, dit-il; pas encore!... laissons le reposer. Oh! C'est égal, Christina, tu disais vrai, tout à l'heure; je crois que quand notre Juan se réveillera, il sera bien heureux! — Venez, Luis! Fernando! Venez!...

Suivi de ses deux fils, Pierre Boissy avait quitté la salle à manger pour s'élancer dans l'avenue. Les quatre hommes avaient déjà fait la moitié du chemin; ils ne se trouvaient plus qu'à une portée de fusil des bâtiments du petit-Castel.

Ces quatre hommes étaient Ramon Gimenez, l'ancien page de don Juan de Sagrera: Jérôme Rodier, le vieux domestique de confiance de Montglas, un autre serviteur du marquis, un valet de pied nommé Pascal, et un homme d'armes...

Un homme d'armes, seulement.

Sautant à bas de sa monture, Ramon s'était précipité dans les bras de Pierre Boissy d'abord, puis dans ceux de Luis et de Fernando, en criant: „Bonne nouvelle, mes amis, bonne nouvelle!“

— Bonne nouvelle! répétaient en riant et en pleurant tout à la fois le père et les fils.

Et de la fenêtre de la salle à manger, où elle assistait à cette scène, Christina répétait également, mais à demi-voix, pour ne pas réveiller Juan: „Bonne nouvelle!“

Enfin on se calma.

— J'ai une foule de choses à vous conter, Pierre, dit Ramon, mais avant tout...

— Vous voulez voir notre jeune seigneur, n'est-ce pas?

— Sans doute; mais je veux aussi vous présenter un ami... M. Jérôme Rodier le valet de chambre intime de M. le marquis de Montglas... M. Jérôme Rodier qui, il y a treize ans, m'a aidé à rendre les derniers devoirs à notre infortuné maître... et qui, depuis treize ans, fidèle à son serment et à la tâche qu'il s'était imposée, n'a révélé à qui que ce soit notre secret, sans manquer non plus un seul jour, depuis six mois, à me tenir au courant de ce qui se passait à l'hôtel de Montglas.

Pierre Boissy et ses deux fils tendaient ensemble leurs mains ouvertes au vieux domestique; il serra, à la fois dans les siennes, toutes ces mains, puis, d'une voix émue:

— Et *lui?* demanda-t-il.

— Venez, fit Pierre Boissy.

L'enfant dormait toujours.

— Il est un peu souffrant, dit Christina.

— Laissons-le reposer, repartit Ramon. — Et il ajouta en posant un doigt sur ses lèvres: — D'ailleurs... nous ne pourrions parler devant lui, quelqu'un s'est réservé en ce monde de tout lui apprendre... et ce quelqu'un...

— C'est monsieur le marquis, n'est-ce pas, Ramon? dit Pierre Boissy. Et monsieur le marquis a raison; à lui seul appartient le triste droit de tout révéler à Juan.

Pendant ce rapide entretien, Jérôme Rodier, en contemplation devant l'enfant, murmurait:

— Qu'il est beau! Comme il ressemble à sa mère!

— Ma mère! fit Juan que berçait un doux songe.

— Votre mère, seigneur, elle a pardonné!... A vous bientôt de pardonner aussi.

C'était Ramon Gimenez qui avait prononcé ces mots en s'agenouillant devant le petit gentilhomme, et agenouillés, à l'exemple de l'ancien page du senor de Sagrera, Pierre Boissy, Luis, Fernando et Christina répétèrent d'un ton solennel:

„A vous de pardonner aussi!"

D'un coin de la salle, Cloud Dargent, ouvrant de grands yeux et de grandes oreilles, regardait et écoutait tout cela... sans y rien comprendre.

Et, à sa place, lecteur, j'estime que vous eussiez fait comme lui...

X

Deux histoires pour une. — Où l'on voit poindre les deux autres luronnes.

Comprenant, du moins, qu'il était de trop, pour l'instant au Petit-Castel, Cloud avait pris congé de ses hôtes; Pascal, — le valet de pied, — et l'homme d'armes, qui escortaient Ramon Gimenez et Jérôme Rodier, étaient installés à l'office; les chevaux à l'écurie...

Sous la garde de Valiente, Juan poursuivait paisiblement, dans la salle basse, ce sommeil auquel était réservé un agréable réveil.

Après avoir, en deux temps, bu un verre de vin et mangé une bouchée de pain, — ils avaient hâte de causer, — Ramon et Jérôme Rodier avaient suvi Pierre Boissy, ses fils et sa fille dans une pièce écartée. Réunis là, et l'ordre donné au domestique de ne les déranger pour quoi que ce fût, nos six personnages s'assirent et Ramon, serrant de nouveau, avec effusion, la main de ses amis, débuta de la sorte, s'adressant au maître du logis :

— Mon cher Pierre, j'ai promis chemin faisant, à M. Jérôme Rodier, que vous lui raconteriez ce qu'il ignore concernant l'histoire de mademoiselle de Montglas, — ou plutôt de la senora de Sagrera, — comme je l'ai raconté moi-même au marquis. — Et, de par sa loyauté et sa discrétion constantes treize ans durant, M. Jérôme Rodier a bien mérité cette marque de votre estime et de votre confiance. Cependant, avant de lui faire ce récit, désirez-vous que je vous rende compte, ainsi qu'à vos chères et bien-aimées filles, des événements récents et bénis qui m'ont amené ici ?

Pierre Boissy réfléchit. Quant à Jérôme Rodier, étonné de l'expression employée par Ramon pour désigner collectivement les enfants de Pierre Boissy: *vos chères et bien-aimées filles,* il examina furtivement Luis et Fernando... — qui s'aperçurent bien de cet examen et en sourirent, ainsi que Christina.

— Tout pesé, mon cher Ramon, dit enfin Pierre Boissy et puisque vous vous êtes engagé en mon nom envers M. Jérôme Rodier, je commencerai par faire honneur à votre promesse. D'autant mieux qu'il ne saurait y avoir de doutes, pour moi, non plus que pour Christina, Luisa et Fernanda, quant aux motifs de votre voyage. Vous êtes arrivé à nous ceint de l'écharpe verte, donc le marquis de Montglas s'est repenti, n'est-ce pas?

— Il s'est repenti hautement et publiquement, ainsi que la senora de Sagrera l'avait exigé.

— Bien! Et... ses sentiments à l'égard de son petit-fils?...

— Sont tels qu'ils doivent être. Avant huit jours, le marquis aura proclamé, — hautement et publiquement encore, — comme l'unique et légitime héritier de tous ses biens, titres et qualités, le fils de sa fille Gabrielle de Montglas et du senor Juan de Sagrera.

— Bien! Très-bien! Tu entends, Christina? Luisa, Fernanda, vous entendez? Le ciel couronne nos efforts. Il exauce nos vœux.

— Oui, mon père. et nous l'en remercions du plus profond de notre âme.

Pour la seconde fois, — pour la troisième, — en proie à une stupéfaction sans égale, le vieux valet de chambre considérait ces deux jeunes cavaliers dans lesquels il ne voyait rien de féminin. et que leur père appelait pourtant de noms de femmes.

Pierre Boissy et Ramon Gimenez sourirent à leur tour du jeu de physionomie de Jérôme Rodier; le premier reprit. s'adressant au dernier:

— Mon récit va faire cesser votre étonnement, cher hôte; ce récit sera aussi bref que possible, d'ailleurs; car nous aurons tout le loisir, pendant la route, de revenir sur le passé.

— Pendant la route! s'écria vivement Ramon; vous nous accompagnerez donc à Paris, mon brave Pierre?

— Mais sans doute! Je tiens à remettre moi-même l'enfant aux bras de son grand-père, — est-ce que cela vous déplaît, Ramon?

— Loin de là, mon ami; loin de là! Et j'en suis persuadé, M. de Montglas sera ravi de vous voir et de vous remercier.

— Et nous, mon père, dit Luisa, mes sœurs et moi, serons-nous du voyage? Irons-nous avec vous et notre cher Juan à Paris?

Pierre Boissy fit un signe négatif.

— Non, dit-il! Dans six mois, un an, quand Juan sera fait à sa nouvelle existence, peut-être vous mènerai-je, — avec la permission de M. de Montglas, — passer quelques jours près de lui. Maintenant, il est bon qu'il s'accoutume à une séparation cruelle... mais nécessaire. Vous avez cessé d'être les parents de Juan, mes enfants... vous n'êtes plus que ses serviteurs, ses amis: à ce titre, pour vous-même, il faut donc vous résigner à lui dire adieu. Plus tard vous seriez forcés de le quitter, et plus vous souffririez.

Christina, Luisa et Fernanda s'inclinèrent en silence. Quand un père parlait, jadis, ses enfants ne répliquaient jamais. — Un saint usage perdu.

— J'aborde ma narration, monsieur Jérôme Rodier, poursuivit Pierre Boissy, et pour vous dire l'histoire de mademoiselle de Montglas, — depuis le jour où elle quitta son père, — et celle de son fils, il faut que je vous dise quelques mots de la mienne.

Je suis né à Paris, je suis fils d'un avocat de talent, mais sans fortune, qui voulait que je fusse avocat comme lui; et jusqu'à l'âge de vingt-deux ans, en effet, je me livrai avec assez d'assiduité aux études nécessaires à la profession à laquelle j'étais destiné. Cependant, mes penchants secrets m'entraînaient plutôt vers la vie aventureuse, mouvementée; souvent, au milieu de mes travaux, je m'interrompais pour rêver excursions périlleuses dans des pays inconnus...

La mort de mon père, en me faisant le seul arbitre de mon sort, me permit de réaliser ces rêves; jetant de côté la plume, je ceignis l'épée, et je me rendis en Espagne dans l'intention de m'y embarquer pour le Nouveau-Monde. Mon étoile voulut que je rencontrasse à Séville un seigneur qui me prit en amitié; il se nommait don Esteban de Sagrera, et venait d'être nommé capitaine général de la Nouvelle-Grenade. Je suivis le seigneur Esteban de Sagrera en Amérique, et à deux reprises, dans des combats contre les Indiens, je fus assez favorisé pour verser mon sang pour lui; il devait un jour me payer ces quelques gouttes de sang en bienfaits.

Don Esteban avait été obligé de laisser en

Espagne sa femme et son fils, — un enfant encore, — deux êtres chéris que pour rien au monde, il n'eût consenti à exposer aux fatigues, aux dangers d'un lointain voyage ; cependant mon maître, — j'étais devenu l'écuyer de don Esteban, — souffrait de cette séparation. Après vingt-huit mois de séjour à la Nouvelle-Grenade, un matin, il accourut à moi tout joyeux ; on le rappelait à Séville, il allait revoir enfin sa femme et son fils !...

Pour mon compte, je ne dissimule pas que je n'éprouvai qu'un médiocre regret à l'idée de retourner en Europe. J'étais las de ce soleil du Nouveau-Monde qui brûle et dessèche ; j'avais soif de me retrouver sous mon cher et doux soleil de France !

Il était écrit pourtant que je ne le reverrais pas tout de suite.

De retour à Séville, je rencontrai, en me promenant sur le *Pasco*, une jeune et belle Andalouse nommée Ursula Camprobi, dont je devins éperdûment amoureux. — Malheureusement Ursula Camprobi était la fille d'une riche veuve, et je n'étais, moi qu'un simple écuyer...

Ce fut alors que l'affection que me portait don Esteban de Sagrera se révéla dans toute sa généreuse étendue.

Il apprit, je ne sais comment, ma passion pour Ursula, et m'ayant appelé dans son cabinet :

— Pierre, me dit-il en affectant un air sévère, Pierre, j'en suis fâché, mais il va falloir nous quitter.

— Nous quitter! m'exclamai-je troublé, et pourquoi, monsieur ?

— Parce que je ne puis conserver à mon service un homme dont la pensée appartient à une autre personne.

Je rougissais.

— N'est-il pas vrai que tu es épris d'Ursula Camprobi? poursuivit don Esteban, toujours grave.

— Oui, maître, c'est vrai, mais... si vous l'ordonnez, j'oublierai cet amour, qui d'ailleurs, ne peut que faire mon tourment!

— Ton tourment!... Ah! tu crois. Eh bien, tu te trompes, mon ami, car Ursula Camprobi est une jolie et honnête fille qui t'aimera, et qui t'aime déjà... presque autant que tu l'aimes... — Et j'en suis si convaincu que j'ai demandé pour toi sa main à sa mère, qui te l'accorde avec une dot de cinq mille piastres...

Et que, pour ma part, voici cinq mille autres piastres que je te prie d'accepter comme mon cadeau de noces...

Plus l'autorisation — car je suis persuadé aussi que tu en brûles d'envie — l'autorisation de retourner, quand il te conviendra, dans ta patrie.

Brave et digne senor Esteban! Je lui devais

toutes les félicités à la fois; la possession d'une femme aimée, la richesse... la joie de revoir la patrie.

Aussi quelle reconnaissance le lui vouai, à lui, à sa femme et à son fils!

A son fils, Juan de Sagrera, un beau jeune homme qui atteignit sa quinzième année le jour où je me mariai, et qui, à l'exemple de son père, voulut me donner une marque de sa sympathie en assistant à mon mariage, et en comblant ma femme de présents.

J'abrége; il y avait douze ans que j'étais revenu m'installer en France, à Paris, avec Ursula. et, pour moi, ces douze années s'étaient écoulées si rapides, au sein d'une éternelle ivresse, que c'est tout au plus si j'avais trouvé le moyen d'en distraire, de temps à autre, quelques heures, pour m'occuper de ceux qui m'avaient fait cette félicité!

Ah! c'est bien mal d'être ingrat et Dieu avait décidé sans doute de me le prouver cruellement.

Le premier coup dont il me frappa, vers le milieu de l'année 1607, fut le trépas presque subit de ma bien-aimée Ursula.

Je l'avais enterrée la veille et je pleurais, caché au fond de ma maison; je pleurais de ma propre douleur et de celle de mes trois filles, Christina, Fernanda et Luisa, toutes trois désormais sans mère.

A ce moment, un domestique m'annonça une visite : j'ouvrais la bouche pour répondre: „Non, je ne veux recevoir personne.“ Mais au nom prononcé par le valet, je m'élançai, la tête nue et le cœur palpitant! Don Juan de Sagrera! C'était don Juan de Sagrera, le fils de mon maître, de mon bienfaiteur, de mon ami, qui m'honorait de sa visite!

Ah! Vous vous souvenez de cette visite, Ramon, car vous y assistiez, comme page de don Juan. Qu'elle fut triste! Lui aussi, don Juan, avait été bien éprouvé; son père et sa mère n'étaient plus; ils lui avaient été enlevés, six mois auparavant, à quelques semaines de distance par une épidémie qui ravageait l'Andalousie.

Et tandis que je versais des larmes sur la mort de mes anciens et vénérés seigneurs et maîtres, don Juan en trouva une encore, — une larme, — à donner à la mémoire de ma pauvre Ursula.

Profitant de la paix récemment conclue entre la France et l'Espagne, don Juan était venu chercher quelques distractions à ses chagrins à Paris; il me promit de me revoir souvent pendant son séjour dans la capitale, et suivant sa promesse, pendant deux mois il revint presque tous les huit jours...

Puis, il se présenta plus rarement; puis...

Je touche à des événements que vous connaissez en partie, monsieur Jérôme Rodier, je me contenterai donc de les effleurer.

Don Juan de Sagrera s'était trouvé dans le monde avec mademoiselle de Montglas; il était beau, elle était belle, ils s'aimèrent.

Mais le marquis de Montglas, interrogé sur ce sujet par sa fille, avait formellement déclaré qu'il n'accepterait jamais pour gendre un Espagnol.

Sans doute don Juan et mademoiselle Gabrielle furent coupables de désobéir aux volontés expresses d'un père ; mais... je l'ai dit: ils s'aimaient.

Un mariage secret les unit, un mariage qu'ils comptaient confesser à genoux au marquis...

Le marquis n'attendit pas cette confession pour les punir. Instruit par quelque traître...

— Et ce traître, je sais qui il est, interrompit Jérôme Rodier.

— Vous le savez! s'écria Pierre Boissy.

— Je le soupçonne, du moins, reprit le vieux valet de chambre. Oui... si quelqu'un a été assez méchant et assez lâche pour surprendre et trahir le mystère des entrevues nocturnes de mademoiselle de Montglas et du senor de Sagrera, celui-là, ce ne peut être que le baron de Végole.

— Le baron de Végole! répéta Pierre Boissy, madame de Sagrera a en effet prononcé quelquefois ce nom en ma présence comme celui d'un mauvais homme. Mais quel intérêt avait-il...

— A jeter le désordre dans la maison de Montglas. Il est un des neveux de monsieur le marquis...

— C'est juste. Et mort l'époux de la fille du marquis... Mademoiselle de Montglas en fuite... morte aussi peut-être dans l'exil, le baron de Végole pouvait espérer d'hériter d'une partie de la fortune de son oncle!

Ah! mais son espoir sera déçu!... Il ne s'attend pas, le misérable... — C'est égal, Ramon; il faudra veiller... veiller toujours sur notre cher Juan, mon ami!

— Nous veillerons, dit Ramon d'une voix ferme.

— Mais... fit Jérôme Rodier.

— Mais, la fin de mon récit, n'est-ce pas? reprit Pierre Boissy. — Quatre mois s'étaient passés sans que j'eusse revu don Juan, je le croyais parti, retourné en Espagne, lorsqu'un soir, une femme voilée, qu'accompagnait Ramon Gimenez, entra chez moi.

Cette femme, c'était mademoiselle de Montglas.

Elle leva son voile et me montrant un visage plus blanc que celui d'une statue de marbre:

— Monsieur, me dit-elle, j'étais l'épouse de don Juan de Sagrera; mon père a tué mon époux... je ne peux plus vivre près de mon père. Vous aimiez don Juan... vous l'aimiez de toutes vos forces; — son page, que voici, et lui-même me l'ont dit souvent. — En souvenir de celui qui n'est plus, voulez-vous me cacher dans votre maison? En souvenir de l'époux, voulez-vous donner une hospitalité... longue, éternelle peut-être... à l'épouse, à *la mère*?

Je demeurais muet, tremblant, éperdu! — Don Juan mort! Tué!... Mon Dieu!...

La senora de Sagrera prit mon silence pour celui de l'hésitation, du refus.

— Venez, Ramon, dit-elle au page.

Mais je me jetai entre elle et la porte:

— Où allez-vous, madame? m'écriai-je. Oh! pardonnez-moi si je ne vous ai pas répondu tout de suite! Je n'en avais pas la force. Que demandez-vous... qu'ordonnez-vous, plutôt? Que je vous consacre ma vie en mémoire de don Juan? Mais c'est tout simple, cela. Ce que j'ai est à vous: tout ce que j'ai... mon bien... mon sang: celui de mes enfants!

La senora de Sagrera me tendit la main en poussant un soupir de soulagement.

Dès ce soir, elle s'installait dans la plus belle chambre de ma maison.

Mais cette maison, bien que située à une assez grande distance de l'hôtel de Montglas, en était trop rapprochée encore, au gré de la fille du marquis...

Depuis la mort de ma femme, moi-même je n'avais qu'un désir, celui de quitter Paris et d'aller me fixer à la campagne.

Un de mes voisins m'avait parlé d'une propriété qu'il possédait dans le Beauvoisis et dont il était disposé à se défaire à bon compte.

Cette propriété était celle où nous sommes; je l'achetai, et quelques semaines après qu'elle eût mis son fils au monde, madame de Sagrera vint s'installer, avec mes filles et moi, au Petit-Castel.

Mes filles ... — A leur sujet, au sujet de deux d'entre elles, plutôt, Luisa et Fernanda, quelques mots, monsieur Jérôme Rodier, qui vous expliqueront pourquoi vous les trouvez revêtues d'autres habits que ceux de leur sexe.

Près de me rendre dans ce pays pour m'y vouer tout entier au bien-être de madame de Sagrera et de son enfant, quelque chose relativement à ce dernier, m'inquiétait. Je me disais que pour lui, — comme pour moi, — il eût mieux valu que j'eusse des fils au lieu de filles, afin, lorsqu'il serait en âge de recevoir l'éducation, digne d'un gentilhomme, que je comptais lui donner, afin qu'il pût voir à ses côtés mieux que des compagnes, des sœurs, mais des compagnons, des frères, capables d'exciter son émulation, de développer son intelligence, et capables aussi, — en cas de danger, — de le défendre.

Je faisais part de ces réflexions à madame de Sagrera :

— Vous avez raison, mon ami, me dit-elle ; il est à craindre, hélas ! que Juan ne passe dans la retraite toute son enfance, et peut-être toute son adolescence, et j'aurais été heureuse en effet qu'il eût, comme vous le dites, des compagnons d'études et de jeux pour charmer les ennuis de son exil. Mais qu'y faire ? Impossible de réformer les lois de la nature. Vos filles ne peuvent devenir des garçons pour nous plaire !

— Et pourquoi non, répliquai-je, illuminé par une inspiration soudaine. Il n'en coûte rien d'essayer. Regardez ces deux petites créatures aux cheveux et aux yeux noirs, au teint brun, aux membres secs, souples et nerveux. Voyez quelle vivacité dans leurs mouvements ! Ce n'est pas du sang qui coule dans leurs veines... c'est de la lave ! Oh ! elles tiennent bien de leur mère toutes deux, celles-là ! De leur mère, la fière et vaillante Andalouse, qui, à seize ans, pariait, — et gagnait son pari, — qu'elle monterait à cheval, comme le premier *caballero* de Séville, au sommet de la tour *Giralda*, et qui, un soir, près de l'aqueduc mauresque, — *Cannos de Carmona,* — ayant été insultée, d'un geste, par un jeune seigneur ivre, lui perça de part en part le bras d'un coup de stylet !

Parlant de la sorte, j'avais pris Luisa et Fernanda sur mes genoux.

— Voulez-vous être des garçons, leur dis-je, pour veiller sur le fils de la senora tant qu'il sera un enfant, et quand il sera un jeune homme, pour veiller encore sur lui en partageant ses travaux et ses plaisirs?

— Oui! répliquèrent en même temps, d'une même voix, d'un même élan, mes deux petits démons.

Et il en fut ainsi.

Habillées aussitôt d'habits conformes à leur nouveau caractère, masculinisées non-seulement de vêtements, mais de noms, Luisa et Fernanda, devenues Luis et Fernando, arrivèrent dans ce village où chacun les prit, sans hésiter, pour ce qu'elles voulaient paraître. — Point d'indiscrétion, du reste, à redouter à propos de ce double déguisement. D'accord là-dessus avec madame de Sagrera, qui nourrissait elle-même son fils, je n'avais voulu emmener à notre suite, à Breuil, aucun de mes serviteurs de Paris. — Et l'habitude, la volonté, le temps aidant, Luisa et Fernanda se familiarisèrent de plus en plus avec leur personnage d'emprunt: tandis que Juan, leur cousin, — pour éloigner tous commentaires, madame de Sagrera, en se fixant ici, y avait pris le titre de ma nièce, — tandis que leur cousin Juan, petit enfant encore, se roulait dans ses langes, Luisa et Fernanda entamaient résolument la première série de travaux intellectuels et physiques, destinés plus tard au fils de la senora. — Agées, Fernanda de huit ans et Luisa de sept ans de plus que lui, ne fallait-il pas, dans l'ordre naturel des choses, lorsqu'il commencerait à apprendre quoi que ce soit, que ses compagnons fussent depuis longtemps en état de lui démontrer eux-mêmes, d'exemple? Et...

Et... je n'ai plus rien à vous dire, monsieur Jérôme Rodier; vous savez tout. Si, j'ai à vous dire encore qu'il y a six mois, quand madame de Sagrera mourut, une de ses dernières bénédictions, — la dernière appartenait à son fils, — fut pour ceux qui avaient fait ce fils ce qu'il est: instruit, bon, adroit et brave. Ah! mais aussi nous n'y avons pas épargné nos peines tous les quatre. *Comme hommes*, — ici Pierre Boissy sourit doucement en regardant Fernanda et Luisa, — *comme hommes*, Luis, Fernando et moi, nous avons donné à Juan tout ce que nous possédions; il parle couramment, comme nous, le français et l'espagnol; comme nous, il lit dans le texte, une partie des auteurs anciens; enfin il monte à cheval et il manie l'épée, le fusil et le pistolet... — pas encore comme nous peut-être, car son bras est faible encore, mais presque aussi bien.

Quant à son cœur, c'est Christina, ma chère Christina, qui, de concert avec la senora de Sagrera, a accompli la tâche de le développer. — Tâche facile s'il en fut, car Juan est né doué de tous les bons instincts.

Maintenant, à votre tour, Ramon. Notre ami, M. Jérôme Rodier, n'a décidément plus rien à apprendre de moi, et moi, il me reste quelques détails importants à apprendre de vous...

— Je suis prêt, fit Ramon.

— Oh mais, auparavant, s'écria le vieux valet de chambre, en se levant, auparavant, ne me sera-t-il pas permis d'embrasser... *vos deux fils* et votre fille, monsieur Pierre Boissy? Oh! je vous en prie! Il me semble que cela me régénérera, moi, pauvre vieillard, de sentir une seconde, circuler sous mon souffle ce sang noble et généreux!

Allons, ma belle demoiselle... un baiser à un ami en cheveux blancs, cela ne se refuse pas!...

Et vous, mes beaux cavaliers, allons! L'accolade! *Entre hommes,* eh! eh! entre hommes qui s'estiment, n'est-ce pas la coutume?

Christina tendit son front au vieillard, puis ce fut au tour de Luisa et de Fernanda. Mais elles, — *eux,* — ils ne se bornèrent pas à se laisser embrasser, ils embrassèrent aussi cordialement, masculinement, ces vieilles joues, épanouies par la joie, qui s'offraient à leurs lèvres vermeilles.

— Oh! les beaux cavaliers! les beaux cavaliers! répétait Jérôme Rodier.

Oui, ma foi, deux beaux cavaliers que Luisa et Fernanda! Ce qu'elles avaient perdu, par l'effet de leur longue métamorphose, sous le rapport des grâces ordinaires chez leur sexe, elles l'avaient regagné, et magnifiquement, comme fierté d'allures et de pose. Leur teint brun de sa nature et coloré encore par le hâle et le soleil, leur structure un peu maigre, et d'autant plus nerveuse, complétaient l'illusion. Ah! il eût été bien fin celui qui eût deviné deux filles dans ces deux garçons!

Et les événements prouveront qu'il y eut peu de gens capables de cette finesse-là!

Une fois pour toutes, au surplus, puisque nous en sommes sur ce point brûlant, à ceux de nos lecteurs qui crieraient à l'invraisemblance, relativement au déguisement à demeure de deux de nos héroïnes, nous répondrons qu'il se trompent, et que, dans de certaines conditions physiques, doublées de l'habitude acquise, rien n'était plus aisé, au contraire, pour une femme, à l'époque dont nous parlons, que de jouer le personnage d'un homme.

Le costume Louis XIII avait, à cet effet, dans sa majestueuse ampleur, des immunités que n'a certes point le costume masculins de nos jours.

Et encore, de nos jours, n'y a-t-il pas de nombreux exemples de femmes qui portent si cavalièrement le costume d'homme que les plus habiles s'y méprennent.

Et puis... et puis, pour conclure, nous déclarons que nous tenons à la disposition des incrédules et des récalcitrants, le bouquin, — contemporain de celui où Alexandre Dumas a trouvé le sujet de ses *Trois Mousquetaires:* les *Mémoires de d'Artagnan*, dans lequel nous avouons, nous, avoir puisé la première idée de nos *Trois Luronnes.*

Et sur cette déclaration sincère et cet humble aveu, nous passerons, si vous le permettez, au XIe chapitre du prologue de cette véridique histoire.

XI

Qui complète le précédent. — Comment Pierre Boissy, Ramon Gimenez, Jérôme Rodier et le jeune Juan furent obligés de se mettre en route deux heures plus tard qu'ils ne le voulaient.

Ce chapitre sera court, très-court, car nous avons hâte, — et le lecteur, nous l'espérons, partage notre impatience, — nous avons hâte de quitter les scènes posées, et plus ou moins calmes, les scènes explicatives, préparatoires, pour poursuivre le récit des faits, pour entrer en plein drame, en pleine action.

Jérôme Rodier avait repris sa place et Luisa et Fernanda avaient repris la leur en face, qui de son hôte, qui de leur père.

Voici à peu près en quels termes s'exprima Ramon Gimenez, — à qui Pierre Boissy avait laissé la parole. — *A peu près*, car, nous le déclarons de rechef: nous abrégeons à dessein ce chapitre.

— Vous savez, mon cher Pierre, mes chères demoiselles, quels ordres me donna, il y a six mois, à son lit de mort, celle que j'ai considérée comme ma noble et révérée maîtresse, la senora Gabrielle de Sagrera?

Hélas! c'était la seconde fois en treize ans que, sur un mot de la senora, je quittais l'Espagne pour accourir dans cette maison.

La première fois, ç'avait été pour y saluer le fils de mon maître. — La senora m'avait promis cette joie quand je lui avais dit adieu, à Paris, après l'avoir conduite chez vous, Pierre.

La seconde... c'était pour me dire un éternel adieu elle-même.

Cependant, la senora avait encore un autre but, en me mandant à ses côtés, avant de descendre dans la tombe.

Elle avait un dernier service à me demander.

Les vivants lisent, — et tout au plus, — dans le passé! Les mourants lisent dans l'avenir.

Après treize ans d'oubli, d'abandon, de la part de son père, après treize ans de désespérance, de sa part à elle, la senora de Sagrera, près de fermer les yeux, espérait : elle espérait que le marquis de Montglas lui accorderait enfin bientôt cette satisfaction qu'elle avait exigée de lui pour lui pardonner le meurtre de son époux.

Et qu'à défaut d'elle-même, pour recueillir les fruits de cette réparation solennelle, son fils, son bien-aimé Juan, pourrait du moins en bénéficier.

Sur quoi se fondait-elle pour supposer une telle révolution dans l'orgueil trop connu du marquis ? Je le répète : les mourants devinent.

La senora me remit une lettre, de sa main, tendant à m'accréditer, quand besoin serait, près de son père, puis elle me dit :

— Allez !... et attendez !

J'attendis six mois. — J'eusse attendu toute ma vie s'il l'eût fallu.

Cependant, depuis une quinzaine, j'étais averti par M. Jérôme Rodier, que je voyais souvent, que le marquis n'était plus le même.

Il changeait, il vieillissait d'une façon étrange. A diverses reprises, la nuit, son valet de chambre intime l'avait entendu s'agiter et se plaindre...

Le matin il avait les yeux rouges et flétris comme quelqu'un qui a abondamment pleuré.

Il pleurait, en effet, chaque nuit, car chaque nuit, — il me l'a dit de sa propre bouche, —

il voyait se dresser à son chevet l'ombre de sa fille, de sa fille qui, lasse d'attendre encore, sans doute, au fond de son tombeau, venait lui dire: „Humilie-toi! Repens-toi!“

Enfin, à l'issue d'un entretien avec un homme d'Église, qu'il a vu naître, et dans les lumières duquel il a, paraît-il, une haute confiance, — l'évêque de Luçon, — M. de Montglas se décida.

Grâce à M. Jérôme Rodier encore, je fus prévenu, l'un des premiers, qu'une grande cérémonie, à laquelle son maître convoquait nombreuse assistance, devait avoir lieu sous peu de jours à l'hôtel de Montglas.

Ah! Pierre, ah! mes chères demoiselles, quelle joie inonda mon âme à cette nouvelle!

Je n'en doutai pas: cette cérémonie était celle de l'expiation publique!

C'était bien cela, en effet.

Un splendide et imposant spectacle que celui de ce grand seigneur, de ce noble vieillard, se prosternant devant Dieu et le monde, pour dire, en se frappant la poitrine, à Dieu et au monde: „J'ai pardonné... Pardonnez-moi!“

Sa confession était achevée, et, d'une acclamation unanime, là foule lui avait accordé ce pardon qu'il implorait.

Maintenant, il conjurait Dieu de lui témoigner, par quelque signe surnaturel, qu'il le pardonnait également.

Ce fut en cet instant que je me montrai.

„Marquis de Montglas, criai-je, votre fille a quitté cette terre, mais elle y a laissé un fils, un héritier de votre nom.“

— Ma fille est morte! J'ai un fils! dit le marquis. — Et il tomba de nouveau foudroyé par la douleur et par la joie.

Il ne revint à lui qu'au bout de quelques heures.

Renvoyant alors, pour demeurer seul avec moi, ceux qui l'entouraient, — ses neveux, MM. de Chalais et de Végole, et sa nièce, la comtesse de Flavières, — il m'ordonna de lui raconter dans ses moindres détails tout ce que je savais. Et je lui racontai tout à compter du moment où sa fille avait quitté l'hôtel de Montglas, jusqu'à l'heure funèbre où elle avait rendu l'âme.

Il pleurait en m'écoutant. Il pleurait surtout en lisant ce billet, tracé d'une main chérie, et qui ne contenait que ces mots, — que je sais par cœur:

„Ramon Gimenez était mon ami; par amour pour moi, croyez tout ce qu'il vous dira, mon père.

„Gabrielle de Sagrera.“

Oh! Et pendant mon récit, que de bénédictions il appela sur votre tête et sur celles de vos filles, mon cher Pierre! „Ils ont aimé ma fille, mon fils, répétait-il, je les ferai tous riches et heureux! Moi-même, en personne, je me rendrai près d'eux. Et, en personne, je remercierai comme je le dois, ces dignes gens qui ont servi, treize années durant, de famille, à ma Gabrielle... à mon Juan!"

Car telle était l'intention positive de M. de Montglas; partir pour Breuil au plus tôt avec moi. Mais ses forces trahirent ses vœux. Miné, brisé par une fièvre ardente, il lui était défendu de quitter le lit avant une ou deux semaines. Et une ou deux semaines, quel supplice pour lui!

„Mon cher Ramon, me dit-il hier matin, je sens qu'il me faut renoncer pour le moment, à la douce satisfaction que j'avais rêvée. Rendez-vous donc sans moi près de M. Pierre Boissy, et demandez-lui de vous confier son élève. J'irai plus tard à Breuil; plus tard j'irai prier sur la tombe de ma Gabrielle. En attendant, ayez pitié de mon impatience: courez chercher mon petit-fils.

„Et, discret jusqu'à la fin, envers lui, comme l'ont été ses autres amis, pas un mot, de grâce, à Juan, relativement au secret de sa naissance!... aux infortunes de son père et de sa mère! C'est à moi, moi seul qu'est réservé le triste droit de tout lui apprendre. C'est à moi qu'il appartient, après lui avoir révélé quel sang coule dans ses veines, quel nom, quels titres sont les siens, de lui dire: „A présent, héritier du marquis de Montglas, vous plaît-il que votre aïeul descende en souriant dans la tombe?

Donnez-lui donc le baiser d'amour, d'oubli et de paix!"

Le marquis voulait qu'une troupe nombreuse et brillante m'accompagnât; mais sur l'observation que je me permis, — qu'il serait plus sage de ne pas entourer ce voyage d'un éclat inutile, — M. de Montglas réduisit mon escorte à cinq hommes; M. Jérôme Rodier, son vieux serviteur de confiance, un valet de pied nommé Pascal, et trois hommes d'armes choisis parmi les plus vaillants et les plus dévoués de sa maison.

— Trois hommes d'armes, dit Pierre Boissy, comme Ramon clôturait en ces mots ses explications, mais je n'en ai vu qu'un avec vous, il me semble, messieurs. Que sont donc devenu les deux autres!

Ramon fit un geste rassurant.

— Ne vous préoccupez pas de cela, mon cher Pierre, répliqua-t-il; nous les retrouverons sur notre route, à quatre lieues d'ici: à Laigneville.

— Ah! — Et pourquoi sont-ils restés à Laigneville?

— Une indisposition qui les a surpris comme ils venaient de se rafraîchir avec nous dans une auberge. Une indisposition sans la moindre gravité... — il m'a paru ainsi, du moins.

— Oui, dit Jérôme Rodier. Ils avaient chaud... ils ont mouillé leur vin d'eau glacée puisée à une citerne; cela leur a donné quelques coliques d'estomac qui sont déjà passées, j'en suis sûr.

— Eh bien! dit le maître du Petit-Castel, en se levant, allons donc maintenant réveiller Juan, et à cheval!

— A cheval! répétèrent gaiement Ramon Gimenez et Jérôme Rodier.

— Mais j'y songe, reprit Pierre Boissy, voilà tout au plus deux heures que vous êtes arrivés, messieurs; vous n'êtes pas assez reposés, peut-être?

Ramon sourit.

— Assez, quant à moi, pour retourner sans débrider à Paris, dit-il.

— Moi, fit le vieux Rodier, non sans une certaine fierté, j'étais valet de chasse de monsieur le marquis, avant d'être un de ses valets de chambre, c'est vous dire, maître Boissy, qu'à l'occasion je ne redoute pas la fatigue.

— Bon! Mais vos chevaux?

— Ce sont les plus robustes des écuries de Montglas, dit Ramon, et ils ont trouvé ample provende chez vous, n'est-ce pas, mon ami? N'ayez donc point d'inquiétude. Ils se comporteront gaillardement.

— A merveille!

Pierre Boissy, Ramon Gimenez, Jérôme Rodier et les trois sœurs étaient rentrés dans la pièce où ils avaient laissé Juan endormi. Juan se réveillait justement comme ses amis le rejoignaient.

— Ah! s'écria-t-il en s'élançant vers l'Espagnol, monsieur Ramon, c'est vous!

Et, tout ému, — n'avait-il pas vu près du lit de sa mère mourante, six mois auparavant, celui qu'il revoyait, tout d'un coup, à cette heure! — Et tout ému, il poursuivit:

— Vous venez passer quelques jours avec nous, monsieur Ramon... causer avec nous de la chère morte?

— Nous nous entretiendrons souvent, en effet, de votre noble mère, mon jeune senor, repartit l'ancien page, mais, si vous le permettez, nous nous occuperons d'abord d'un soin qui nous réclame.

— Un soin, lequel?

— On vous attend à Paris.

— On m'attend... à Paris? Et qui est-ce qui m'attend?

— Un de vos parents.

— Un de mes parents?

— Oui; un parent du côté de votre mère.

— Ah!... Et c'est vous qu'on a chargé de venir me chercher, Ramon?

— Moi... et M. Jérôme Rodier, ci présent, le serviteur de confiance du dit parent.

— Et mon oncle?...

— Je vous accompagne, Juan.

— Et mes cousins... ma cousine?

— Vos cousins et votre cousine demeurent au Petit-Castel; mais dans le cas... probable, où votre séjour dans la capitale se prolongerait, tous trois vous rejoindraient bientôt, je vous le promets, mon ami.

— Ah!...

Saisi, du même coup, de plaisir et de peine: de plaisir, à l'idée de voyager, de voir Paris; de peine, à la pensée de se séparer de Luis, de Fernando et de Christina, Juan restait immobile, dardant sur tous un regard à la fois étincelant et humide.

— Et puis, reprit Pierre Boissy, n'allez-vous pas vous préparer, Juan? revêtir vos habits de voyage et seller votre cheval? — Il faut que nous partions à l'instant.

— Si! si, mon oncle. J'y vais! j'y vais! — Ah! nous partons tout de suite!

— Tout de suite.

— Et Valiente... est-ce que vous me défendez de l'emmener avec moi?

— Non, certes.

— Oh! Je l'emmène, alors! — Ah! Et Cloud... ce bon Cloud, si je dois rester longtemps à Paris, est-ce que vous ne me permettrez pas de l'embrasser aussi avant de partir?

— Pardon, vous avez raison, il est juste de dire au revoir à tous ceux qui vous aiment. — Sulpice ou Joseph va courir chercher Cloud au moulin.

— Merci, mon oncle. — A présent, je monte à ma chambre m'habiller bien vite! Viens, Valiente! Ah! nous allons à Paris, mon chien! Es-tu content, hein, d'aller à Paris?

Juan s'était éloigné après avoir, — en manière de préliminaire d'adieux, — serré la main à ses *cousins* et souri à sa cousine.

— Le charmant enfant! s'exclama Jérôme Rodier.

— Oui, charmant! répéta Ramon. Ah! notre ami Pierre et ses chères filles ont élevé Juan de Sagrera comme s'il eût été de l'un le propre fils, des autres le propre frère! Bravoure, intelligence et bonté, il a tout, notre jeune gentilhomme!

Oh! le marquis de Montglas va être bien heureux!...

— Dieu vous entende, monsieur Ramon! dit Christina.

Ici quelqu'un parut à l'entrée de la salle; c'était l'homme d'armes préservé, seul, de l'indisposition subite qui avait retenu ses camarades à Laigneville.

— Qu'est-ce, Tiberge? dit Ramon. Vous avez fini de dîner et vous venez me demander nos ordres?

— Je viens un peu pour cela et beaucoup pour autre chose, monsieur, répliqua Tiberge, en saluant les assistants.

— Pour autre chose! Pour quoi donc?

— Mon Dieu, monsieur, c'est bien drôle!... Voilà Pascale, le valet de pied, qui est malade aussi.

— Malade aussi... Pascal!... Vous plaisantez!

— Je ne plaisante pas du tout... et Pascal n'a pas l'air d'être non plus en train de rire! il y a cinq minutes, comme le pauvre diable avalait un dernier verre de vin, — et du bon vin pourtant, celui-là, pas comme celui de l'auberge de Laigneville, — tout d'un coup il se renverse sur sa chaise en criant. „Oh! là là! Que je souffre! Que je souffre!...“

— Ah! çà mais, c'est une fatalité! Au moment de nous remettre en route! — Allons voir cela, messieurs.

L'homme d'armes avait dit vrai: quand Ramon, Pierre Boissy et Jérôme Rodier pénétrèrent dans l'office, ils y trouvèrent le valet de pied qui se roulait par terre, en proie, — en apparence, — à d'atroces convulsions.

Ramon se pencha vers lui.

— Qu'avez-vous?

— Je souffre, monsieur. Il me semble que j'ai des charbons ardents dans la gorge.

Ramon fronça le sourcil.

— Comme les deux gens d'armes!... murmura-t-il. C'est singulier, en effet!

— Oh! mais moi! dit le malade, qui avait entendu cette réflexion, je connais mon mal.

— Ah !

— Oui ! j'y suis sujet. Ce sont des douleurs nerveuses. Il n'y a pas de danger, et après deux ou trois heures de repos...

— Deux ou trois heures, s'exclama Ramon, mais dans deux ou trois heures, il faut que nous soyons loin de ce village.

— Assurément, reprit Pierre Boissy, cependant nous ne pouvons laisser ce garçon en arrière. Patientons une heure, et... s'il ne va pas mieux, alors...

— Oh ! une heure me suffira, j'espère, mes bons messieurs... une heure me suffira.

— Soit. En attendant, Jeannette, préparez une infusion de camomille. Une tasse de camomille bouillante... c'est souverain quelquefois, contre les douleurs d'estomac.

— Mille fois trop bon, monsieur ... mille fois trop bon.

Pascal n'avait pu retenir une grimace en se voyant menacé d'une tasse de tisane, et, le maître et ses amis éloignés, il s'empressa de dire à la servante :

— Ne vous donnez pas la peine, mademoiselle. Après dîner, comme ça, voyez-vous, des drogues... je crois que ça me ferait plus de mal que de bien. Je m'en vais essayer de fermer l'œil un brin... ça vaudra mieux.

En s'étendant sur deux chaises, le valet parut en effet s'endormir.

La toilette de voyage terminée, Juan s'était rendu dans la chambre habitée autrefois par sa mère laquelle chambre on avait conservée dans le même état absolument que du vivant de madame de Sagrera. Il y avait là un prie-Dieu où, chaque soir et chaque matin, pendant de longues années, la fille du marquis de Montglas s'était agenouillée dévotieusement; l'enfant s'y agenouilla à son tour; il pria avec ferveur, puis étant relevé, il adressa, du regard, un doux adieu à la chambre sainte, et il descendit seller son cheval.

A ce moment Cloud Dargent, prévenu par un domestique, revenait tout essoufflé au Petit-Castel.

— Qu'est-ce qu'on m'a dit! s'écria-t-il en s'élançant vers Pierre Boissy, vous nous quittez, maître?

— Oui, monsieur Cloud, répliqua gaiement Pierre Boissy, nous vous quittons, Juan et moi.

— Pour longtemps?

— Juan pour longtemps... pour toujours peut-être. Moi, pour quelques jours seulement.

— Ah! bah! M. Juan...

— M. Juan va s'établir à Paris. Mais il n'a pas voulu partir sans vous voir... C'est lui qui, le premier a eu l'idée de vous envoyer chercher.

— Oh! ça ne m'étonne pas de sa part! Il est si gentil, M. Juan! Et...

— Et quoi?

— MM. Luis et Fernando ne vous font pas un petit bout de conduite?

— Notre père ne le veut pas, dit Luis.

— Sans doute, reprit Pierre Boissy; à quoi bon vous déranger, mes enfant?

— Oh! nous déranger! dit Fernando d'un ton de reproche.

— Nous irions tous les trois si vous le permettiez, mon père, insista Christina.

— C'est cela, dit Cloud, tous les trois, tous les quatre, si ça ne vous contrariait pas, monsieur Pierre? Je ne monte pas à cheval comme ces messieurs, moi, et même comme mademoiselle Christina... — une vraie amazone! — mais c'est égal, je ne ferais pas honte à la cavalcade et...

— Non, interrompit Pierre Boissy après une seconde d'hésitation, non; Juan éprouvera naturellement assez de chagrin en s'éloignant de cette maison, et des gens qu'il aime; il serait maladroit de prolonger cette affliction en la scindant. — Le pays est tranquille, d'ailleurs...

Et Pierre Boissy poursuivit, s'adressant avec un sourire, à Ramon et à Jérôme:

— Vous n'avez pas rencontré de bandits sur votre route, n'est-ce pas, messieurs?

— Oh! pas le moindre! repartit Jérôme.

— Et c'est heureux, dit Ramon, car, par l'épidémie qui règne sur mon escorte...

— L'épidémie?

— Ces deux hommes d'armes indisposés à Laigneville... Ce valet ici...

Pierre Boissy haussa les épaules.

— Bah! reprit-il, si M. Pascal ne va pas mieux tout à l'heure, nous partirons sans lui, voilà tout. Quant à vos deux hommes d'armes, je gage qu'ils nous attendent à cette heure, dispos et guillerets.

Ramon se taisait.

— Vous n'êtes pas de mon avis, mon ami? continua Pierre Boissy.

— Si... si... parfaitement, répliqua Ramon d'un air distrait. — Ah! voici notre jeune senor!

. . . .

O destinée! L'un, par un motif d'obstination irréfléchie, l'autre, par la crainte de paraître ridicule en parlant, et tous deux, — celui-ci en refusant à ses filles et à Cloud Dargent de l'accompagner quelques lieues, celui-là, en gardant le silence sur des soupçons conçus, — et tous deux, — Pierre Boissy et Ramon Gimenez, — rendaient, — sans s'en douter, hélas! — plus facile, plus certaine, l'œuvre de meurtre préparée contre eux.

. . . .

Six heures sonnaient. Les flacons de vieux vin, chargés de faire prendre patience aux voyageurs, étaient vides.

Devant le perron, les chevaux, harnachés, piaffaient et hennissaient.

— Çà, dit Pierre Boissy, notre malade a eu le temps de guérir, je suppose! Christina, va donc voir à l'office si...

Christina n'eut pas besoin de se déranger: Pascal, aux côtés de Tiberge, l'homme d'armes, Pascal, — complétement remis de ses *cruelles souffrances*, — venaient de se montrer dans l'avenue.

Rien ne retenait plus nos amis. On avait échangé force bons baisers et force chaleureuses poignées de main. Quelques larmes, — bien vite essuyées... des hommes doivent-ils pleurer? Et, qu'on ne l'oublie pas, à l'exception de Christina, il n'y avait là *que des hommes*! — Quelques larmes avaient mouillé quelques paupières; quelques soupirs s'étaient confondus.

— En route! cria Pierre Boissy.

— En route! répéta Juan.

— En route! répétèrent Ramon Gimenez, Jérôme Rodier, Pascal et Tiberge.

Et les six cavaliers, faisant sentir l'éperon à leurs montures, partirent au galop.

Valiente, le levrier, courait devant son maître, en aboyant joyeusement.

— Adieu! murmurèrent Luisa, Fernanda et Christina; en suivant, d'un œil triste, la cavalcade, déjà près de disparaître au loin.

Comme un écho sinistre à cet adieu, un

cri bizarre, une sorte de gémissement retentit, en cet instant, au-dessus des trois sœurs.

Ce cri était celui d'une chouette des clochers, ou *effraie*, perchée au sommet du toit du Petit-Castel.

XII

„Fin contre fin…“ — Le bouillon de grenouilles. — Comment le chevalier Landry songea à confectionner un filet de chasse, et comment un forgeron de Creil eut tort d'y mettre de l'amour-propre avec Marc Bélier.

Ce même jour, 26 avril 1621, fidèle à sa parole, Fine-Mouche, accompagné de Marc Bélier, se présentait, à cinq heures précises du matin, au lieu du rendez-vous qui lui avait été désigné, la veille, à la taverne du *Chat-qui-dort*, par le baron de Végole.

Le chevalier Landry et ses affidés, MM. Boirin et Courtin, tous trois à cheval, et tenant en outre deux chevaux en main, étaient déjà aux *Fossés Jaunes* quand Fine-Mouche et Marc Bélier y arrivèrent.

— Serions-nous en retard, messieurs? dit Fine-Mouche de l'air le plus courtois.

— Du tout, messieurs! répliqua non moins courtoisement Landry.

— Ah! tant mieux! J'eusse été désolé de... Mais, quand on est obligé de s'en rapporter aux horloges publiques pour savoir l'heure, vous concevez!...

— Comment! Vous n'avez pas de montre, cher monsieur? dit Landry regardant fixement Fine-Mouche.

— Non, cher monsieur, répliqua ce dernier impassible, je n'ai pas de montre. Cela vous étonne?

— Sans doute. Dans notre métier, il est si facile de se procurer un tel objet.

— C'est vrai. Mais je n'ai pas eu de chance jusqu'ici. Tous les objets de ce genre... que je me suis procurés... étaient si mauvais, pour la plupart si défectueux, que ma foi! j'ai préféré m'en défaire que de les conserver.

— Ah! ah! — Oh! mon Dieu... après cela... c'est quelquefois bien embarrassant, ce bijou-là.

— Embarrassant... pourquoi donc?

— Dam!... Le hasard est si fantastique! — On a une montre... on veut la consulter... et crac, il se trouve que la personne à qui on l'a... empruntée... est en face de vous!

— Ah! à d'autres niais de consulter leur montre devant la personne à qui ils l'ont... empruntée!

— Vous ne seriez pas de ces niais-là, vous!

— Mais je ne le crois pas.

— Et je ne le crois pas plus que vous. Eh! eh!... Allons, décidément, monsieur Fine-Mouche, vous n'avez pas volé votre nom. Vous êtes très-fort!...

— Mon Dieu! on fait ce qu'on peut, vous savez, chevalier.

— Oui, oui... et ce que vous faites est très-bien fait. Eh! eh!... vous me déplaisiez au premier abord, monsieur Fine-Mouche... mais, depuis hier au soir, j'ai réfléchi et, parole d'honneur, il m'est avis maintenant que nous devons nous entendre... et que nous nous entendrons!

— A votre dévotion, chevalier. Et, pour mon compte, je ne demande pas mieux que de m'unir, par les liens les plus étroits, à un homme de votre mérite.

Tandis que Landry et Fine-Mouche faisaient ainsi assaut de politesses à l'abri des regards curieux, dans les ruines d'une bicoque élevée sur les bords des Fossés-Jaunes, M. Courtin, qui sur un signe du chef de l'expédition, était descendu du cheval et s'était éloigné du côté des boulevards, au commencement de cet entretien, reparut en disant: „Les voilà!"

— Les voilà! Bravo! fit le chevalier.

Et s'adressant à M. Boirin, revêtu, — pour

les besoins du service, sans doute, — d'un costume de paysan :

— Va t'assurer d'abord, toi, que Courtine ne se trompe pas, poursuivit-il.

M. Boirin obéit ; il sauta à bas de cheval, s'éloigna à son tour quelques secondes, puis revenant :

— Courtin ne se trompe pas, dit-il. Ce sont eux.

— Tu as reconnu Pascal ?

— Je l'ai reconnu.

— Combien sont-ils ?

— Six.

— Le nombre convenu. A merveille. Eh bien ! tu sais ce que tu as à faire, Boirin ?

— Je le sais.

— Pas d'étourderies : souviens-toi : tu es un brave campagnard qui s'en retourne chez lui en suivant la même route que ces messieurs ; que si, par aventure, ils s'étonnaient de te sentir sur leurs talons... s'ils te questionnaient...

— Je ne comprends pas... ou si je comprends, je leur répondrai si bêtement qu'ils s'empresseront de me renvoyer à mes moutons.

— C'est cela. Du reste, j'espère que Pascal nous évitera l'ennui de leur emboîter ainsi le pas pendant tout le voyage. — Un garçon précieux que ce Pascal. Très-intelligent ! Il a eu deux ou trois idées dans cette affaire qui, si elles réussissent nous allégeront de la moitié du mal.

Allons, va, Boirin.

— Et je vous attends à Luzarches?

— Mais oui, de toute façon, tu nous attends à Luzarches. Sauve-toi.

Le faux paysan avait réenfourché sa monture; s'élançant hors des Fossés-Jaunes, il s'achemina par la Porte-Saint-Denis, sur la route d'Amiens, ayant à cinq cents pas environ en avant de lui, une troupe d'hommes qui n'étaient autres que ceux envoyés par le marquis de Montglas pour lui ramener son petit-fils: Ramon Gimenez, Jérôme Rôdier, Pascal, le valet de pied, — ce garçon dont le chevalier Landry vantait si fort l'intelligence, — et trois hommes d'armes.

Le chevalier Landry se tourna du côté de Fine-Mouche:

— Vous avez compris ma manœuvre, n'est-ce pas? lui dit-il; elle est élémentaire.

— Tout ce qu'il y a de plus élémentaire en effet, repartit Fine-Mouche. Suivre tous les cinq les six hommes, serait provoquer leur attention et nous exposer s'ils redoutent quelque algarade, à les voir nous brûler la politesse en nous filant entre les doigts. D'un seul au contraire, ils ne se défieront pas, et surtout d'un seul, sous les dehors pacifiques d'un paysan.

Landry s'inclina.

— Je le réitère, vous êtes très-fort, cher monsieur Fine-Mouche! dit-il.

— Oh! très-fort!... Permettez, ceci n'est plus un compliment. Vous venez d'avouer que votre plan stratégique était des moins compliqués!

— N'importe! Vous avez une manière de saisir les choses, et de les rendre! — En vérité, plus je vous apprécie et plus je m'étonne de n'avoir pas plus tôt entendu parler de vous, camarade! Avec votre esprit, on a bien vite conquis une réputation. — Il n'y a donc pas longtemps que vous êtes dans la partie?

— Quelques mois.

— Ah! ah! Mais vous connaissez Marc Bélier de longue date, pourtant?

— Oh! de très-longue date!

— Et c'est de longue date aussi qu'il vous appartient? C'est bizarre! Je le croyais sorti tout récemment du service du procureur, à Rouen.

— Il est possible. — Est-ce que tu as été au service d'un procureur, à Rouen, Marc?

— Mais monsieur, cela pourrait bien être.

— Enfin, reprit le chevalier, ces jours derniers, et pas plus tard qu'hier, mon gros Marc, lorsque tu venais jouer et boire au *Chat-qui-dort*, chacun, et moi-même, te croyait libre... indépendant?

Marc Bélier se taisait.

— Tu entends, Marc? dit Fine-Mouche, monsieur le chevalier est surpris que tu lui aies dissimulé ainsi qu'à ses amis, ta position sociale? Pourquoi dissimulais-tu ta position sociale à monsieur le chevalier et à ses amis? Réponds? tu te permets donc de ne pas te laisser tirer les vers du nez quand on le désire?

— Cela pourrait bien être, répondit de nouveau Marc Bélier.

Le chevalier se mordit les lèvres.

— Tel maître, tel valet! fit-il. Mes félicitations sincères, messieurs. Si vous usez jamais votre langue, l'un et l'autre, ce ne sera pas à bavarder. Mais, somme toute, comme ce n'est pas de votre langue mais de votre bras que j'ai besoin... — Y sommes-nous? La caravane doit être assez loin, à présent, pour que nous puissions nous lancer sur ses traces. Partons.

Sans répliquer, suivant l'exemple du chevalier, Fine-Mouche avait piqué des deux: Marc Bélier et M. Courtin firent de même.

On arriva ainsi, — sans avoir soufflé mot — à Luzarches, sur le coup de six heures et demie.

En vedette à la porte d'une auberge, M. Boirin guettait l'arrivée des quatre hommes. Aussitôt qu'il les aperçut, s'élançant au-devant du chef en lui présentant un papier:

— Une lettre de Pascal, monsieur le chevalier! s'écria-t-il.

— Une lettre de Pascal! répéta vivement Landry. Et qui te l'a remise?

— Mais lui-même.

— Bah!

— Il s'était arrêté avec les autres dans ce village... — Son cheval avait le pied droit déferré.

— Ah! ah! Déjà!...

— Sans avoir l'air, tandis que le maréchal travaillait, je me suis approché de votre ami qui m'a glissé ce papier dans la main.

— Très-bien. Donne.

Le chevalier avait ouvert le billet, cacheté d'un brin de mie de pain. Il y lut, tracées au crayon, et dans une orthographe douteuse... — mais pour être un coquin ingénieux, M. Pascal n'était pas forcé d'être un savant — il y lut les lignes suivantes:

„J'ai écouté causer. — Nous allons à Breuil-le-Sec, près de Clermont. — Quinze lieues de Paris. — J'ai emporté ce qu'il faut pour *qu'il reste* deux hommes d'armes en route. Je m'arrangerai aussi comme il a été dit pour qu'on ne reparte qu'aux approches du soir. Au revoir, si j'apprends encore quelque chose je vous l'écrirai encore.

„PASCAL."

Le chevalier Landry trouva si fort à son goût le contenu de ce billet, qu'il en fit allègrement sauter en l'air son feutre et sa plume jaune.

Puis, interpellant ses compagnons — et notamment Fine-Mouche et Marc Bélier demeurés dans une attitude discrète, à quelques pas de lui :

— Est-ce que vous n'avez pas faim, messieurs ? dit-il.

— Mon Dieu, chevalier... repartit Fine-Mouche, c'est selon.

— Comment ! C'est selon ?

— Sans doute. Mon valet et moi, nous aurons faim... si vous avez faim vous-même. Nous connaissons trop ce que nous vous devons pour permettre à notre estomac de manifester un désir sans votre autorisation.

Le chevalier Landry sourit à ce propos aussi respectueux que flatteur.

— Eh bien ! Mon estomac donne au vôtre toute liberté, messieurs, reprit-il. Nous allons déjeuner... et déjeuner ferme. Grâce à ce cher Pascal, nous voilà certains du succès de notre entreprise et libres de la régler tout à notre aise. Qui m'aime me suive !

Personne, nous le supposons, parmi les aventuriers, n'aimait bien tendrement le chevalier ; mais aucun d'eux n'était fâché de déjeuner ; tous le suivirent donc, tous entrèrent sur ses pas à l'auberge.

Landry avait la joie et l'appétit généreux ; le repas fut réellement de taille à contenter les plus difficiles: un aloyau, un jambon, trois poulets, sans compter les hors-d'œuvre et le fromage.

Cependant, au moment de se mettre à table, le chevalier crut nécessaire d'adresser à ses convives l'allocution suivante:

— Ah çà, mes enfants, mangez, buvez... bon! Mais n'oubliez pas, pourtant, que la tempérance est un devoir en certaines occasions. On ne fait rien de bien le ventre trop plein et la tête trop lourde.

— Une recommandation sage, mais inutile à mon égard et à celui de mon valet, dit Fine-Mouche. En expédition, lui et moi, nous ne buvons jamais que de l'eau.

— Que de l'eau! s'exclama Landry. Allons donc! Pour cette fois, vous dérogerez à votre coutume, messieurs.

— Impossible, chevalier. C'est un vœu. — N'est-ce pas, Marc?

— Oui; répliqua Marc, en lorgnant, d'un air piteux, les bouteilles; oui, c'est un vœu...

— Un vœu à qui? A quoi?

— A sainte Prudence. Une sainte qui épargne bien des sottises à ses fidèles.

Le chevalier eut beau dire, Fine-Mouche et Marc Bélier ne burent en effet que de l'eau pendant tout le déjeuner. — Mais si — à son grand regret — si, par la volonté de son maître, il en fut réduit, comme boisson, au plus fade et au plus incolore des liquides, en revanche, Marc Bélier se rattrapa quant au solide. A lui seul il mangea comme cinq.

A huit heures on remontait à cheval; MM. Landry, Boirin et Courtin, un peu animés, en dépit de leur sobriété relative, Fine-Mouche et Marc Bélier toujours calmes.

Ce dernier profita de l'instant où le chevalier soldait la note de l'aubergiste pour dire à son maître:

— Une petite question, si ça ne vous effarouche pas, monsieur? Qu'est-ce que c'est que cette idée de nous avoir condamnés, tous les deux, au bouillon de grenouille? Mais vous ignorez toutes mes capacités! J'absorbe mes douze pintes de vin sans broncher.

— Je vous crois très-capable de ce tour de force, monsieur Marc; mais, pour aujourd'hui, il ne m'a pas plu d'en faire l'expérience.

— Mais pourquoi ça?

— Par mesure de précaution. Quand on se trouve avec des coquins, il faut se défier de tout... de tous... et surtout de soi.

— Oh!... Mais deux ou trois bouteilles de Bourgogne, seulement; par les cornes à papa, quel mal ça aurait-il pu nous faire?

— Maintenant, aucun peut-être... mais demain... après-demain, qui sait!

— Qui sait? Je ne vous comprends pas, maître.

— Moi je me comprends et ça me suffit. — Voici le chevalier; plus un mot. — Imitez-moi, ami Marc: galopez... écoutez... et buvez de l'eau.

De Luzarches jusqu'à Fleurines, point d'incidents particuliers à enregistrer, concernant le voyage de nos aventuriers. Dans chaque principale auberge des villages ou des petites villes qu'on traversait, Landry s'informait, d'un ton dégagé, si l'on n'avait pas vu passer une troupe de six cavaliers, qu'il désignait, et sur la réponse, presque toujours affirmative, après cinq ou six minutes de halte — arrosées d'un verre de vin pour lui et MM. Boirin et Courtin, d'un verre d'eau, et toujours d'un verre d'eau, pour Fine-Mouche et Marc Bélier, — on se remettait en marche...

A Creil, ce fut différent. A l'auberge de *la Licorne*, à Creil, une jeune servante, l'ayant scrupuleusement dévisagé tandis qu'il questionnait son patron, s'approcha de l'homme à la plume jaune et, le saluant d'une belle révérence:

— Trois et deux, combien que ça fait, à votre compte, monseigneur? dit-elle.

— A mon compte, petite, repartit vivement Landry, trois et deux font un.

La jeune servante tira un papier de sa poche:

— Alors, c'est bien pour vous, ça, reprit-elle.

Et elle remit le billet au chevalier.

Cette seconde épître de Pascal était ainsi conçue.

„On s'arrête à Laigneville. — N'y arrivez qu'à une heure après midi. — Balagny, à deux lieues au-dessus de Laigneville, pourrait bien convenir. — La *Route d'enfer*; très-commode à ce qu'il paraît. — Au revoir.“

Landry avait lu.

— Tiens, mon enfant, dit-il à la servante, à qui il jeta une pistole.

Et, sautant à bas de cheval:

— Messieurs, poursuivit-il, s'adressant à ses compagnons, rien ne nous presse. Pendant que deux d'entre vous garderont ici nos bêtes, j'ai envie avec les deux autres — pas les deux autres bêtes... eh! eh! les deux autres amis — j'ai envie de visiter le village. Histoire de m'instruire... et de me livrer à une acquisition indispensable.

Mon gros homme... — Le chevalier interpellait, à présent, l'hôtelier; un très-gros bonhomme, il est vrai; une futaille ambulante. — Y a-t-il un cordier dans ce pays?

— Oui, monseigneur... et un malin, dà! Il occupe trois fileurs.

— Ah! Ah! Et il habite?

— Derrière l'église, tenez... On aperçoit d'ici le faîte de son atelier.

— Et un forgeron... vous en avez un aussi?

— Pardi! Éloi Gastrel... en face de Coutureau!

— Superbe!... En face de Coutureau! Tout sous la main. Merci, mon gros bonhomme. De l'avoine à nos chevaux, s'il vous plaît; et faites tirer de votre meilleur. Nous revenons tout de suite.

Landry avait, d'un signe, invité Fine-Mouche et Marc Bélier à le suivre. Quand les trois hommes se furent un peu éloignés de l'auberge:

— Avez-vous quelquefois chassé les cailles au *hallier*, monsieur Fine-Mouche? demanda le chevalier.

— Non, repartit Fine-Mouche. Qu'est ce qu'un *hallier?*

— Un filet, parbleu!... un filet qu'on tend avec des piquets. Eh bien! — sauf quelques modifications dans l'espèce du gibier, — vous assisterez ce soir à une chasse de ce genre. Vous verrez; c'est très-amusant.

On était entré dans l'atelier du cordier. Quittant ses *chevalets*, M. Coutureau accourut au-devant des étrangers. Il venait justement d'achever un écheveau de carret de *premier brin*, bien *espadonné*, *peigné*, *affiné*, gros de trois lignes et d'une longueur totale de cinquante brasses. — Tout ce qu'il y avait de plus convenable pour confectionner un bon et solide hallier. — Moyennant deux pistoles, le marché fut conclu. Marc Bélier chargea l'écheveau sur son dos.

Puis l'on se dirigea vers la maison du forgeron.

Là, on eut plus de peine à s'arranger.

Le chevalier Landry désirait une vingtaine de piquets en fer, hauts d'un pied chacun, épais de deux pouces, se terminant en pointe d'un côté, percés de l'autre afin d'y pouvoir passer la corde.

Or, M. Éloi Gastrel avait bien chez lui des tringles, dans lesquelles il était facile de couper les piquets en question; mais on demandait ces piquets immédiatement; M. Éloi Gastrel était seul; ses ouvriers étaient sortis. Impossible de satisfaire les clients.

— Bah! dit Landry, mettez toujours vos tringles au feu, maître Gastrel; nous vous aiderons.

— Vous m'aiderez? répéta le forgeron d'un air railleur. Vous savez donc manier le marteau, messieurs?

Landry se tourna vers Marc Bélier:

— Dessillez les yeux de l'incrédulité, ami Marc, dit-il.

Marc décrocha le plus lourd marteau de l'établi, et le faisant pirouetter au-dessus de sa tête, comme si c'eût été une légère badine:

— Qu'est-ce qu'il faut cogner? dit-il.

Éloi Gastrel se pinça les lèvres; lui seul à la forge, était assez robuste pour se servir de ce marteau. — Et encore ne s'en servait-il pas souvent.

Mais puisque l'aide se présentait, impossible au maître de reculer.

Éloi Gastrel mit les tringles au feu.

En moins d'une heure, le forgeron commandant, l'ouvrier de rencontre exécutant : cognant, coupant, rognant, perçant, et les vingt piquets furent terminés.

— Vous voyez, maître Gastrel, dit en souriant Landry, qu'il ne faut pas se fier à la mine et qu'il n'y a pas qu'à Creil qu'on sait tirer des aiguilles.

Nous vous devons pour celles-ci ?

— Vingt livres parisis.

— Une livre pièce, c'est salé. Mais vous y avez mis une telle amabilité...

Voici vos vingt livres. Bien des choses chez vous. — Y êtes-vous, ami Marc ?

Marc Bélier ayant réuni les vingts piquets les uns aux autres, à l'aide d'un fil de fer passé dans les *chas*, ou trous, s'apprêtait à les emporter avec la corde, lorsque le forgeron, lui touchant l'épaule :

— Minute, fit-il. Je suis payé, c'est vrai ; mais quand j'ai à me louer d'un ouvrier, j'aime à le payer aussi à ma façon.

Marc Bélier regarda son interlocuteur.

— Bah ? répliqua-t-il, et de quelle façon ?

Éloi Gastrel avança, ouverte, sa main droite, noire et calleuse.

— En monnaie d'amitié, donc!

— Ah! C'est une poignée de main que vous m'offrez.

— Sans doute! Ça vous effraye, mon gars?

— M'effrayer! oh!...

Rien d'éloquent comme ce: „Oh!" Ce: „Oh!" disait au forgeron, pâle et les sourcils froncés; „Je vous devine, mon cher! Vous êtes furieux de ce que j'aie touché à votre marteau, et il ne vous serait pas désagréable de m'en punir en me brisant un tantinet les os. Eh bien! Jouons à ce jeu-là, voyons!"

Et sans se débarrasser de son fardeau, qu'il soutint de la main gauche sur son épaule, de la main droite, tout en disant ce que nous venons de dire dans une exclamation, Marc Bélier saisit la dextre du forgeron.

L'effet de cette étreinte fut si brusque, que Fine-Mouche et Landry, arrêtés au seuil de la forge, et considérant la scène, n'eurent pas le temps de l'analyser.

Les dix doigts s'étaient à peine rencontrés, joints, unis, que maître Éloi Gastrel, les traits contractés par une angoisse indicible, poussa un cri déchirant, surhumain, suivi de ce mot, deux fois balbutié: „Grâce! grâce!"

Rendons cette justice à Marc Bélier, qu'il

n'attendit pas le second: „grâce!" pour desserrer l'étau qui lui servait de main.

„Mais aussi, par les cornes à papa, disait-il, rejoignant Fine-Mouche et le chevalier et laissant, accroupi au milieu de sa forge, le pauvre forgeron qui contemplait, hagard, ses doigts à demi fracassés; mais aussi, pourquoi cet imbécile y met-il de l'amour-propre!"

Une nuit sombre. Le temps, magnifique toute la journée, s'était subitement gâté à l'approche du soir. De gros nuages couleur d'encre voilaient l'éclat de la lune; la bise sifflait aigre, une petite pluie fine fouettait le visage de Pierre Boissy, de Ramon Gimenez, de Jérôme Rodier et de Juan, sortant, — suivis de Tiberge, l'homme d'armes et de Pascal, le valet de pied, du village de Cauffry, à quatre lieues de Breuil-le-Sec, pour s'acheminer vers Baligny.

Quatre lieues? Nos amis étaient partis à moins de six heures de Breuil-le-Sec, et à huit, ils n'avaient fait encore que quatre lieues?

Oui; et voici pourquoi: c'est qu'au bout d'une heure environ de marche, Ramon s'était aperçu que son cheval boitait d'une façon exorbitante de la jambe droite de devant: sautant à terre, l'Espagnol avait inspecté en connaisseur, la bête. Rien; point de blessure apparente nulle part. Cependant il était positif que l'animal souffrait; chaque pas qu'il faisait en était une preuve.

A tout hasard, en arrivant à Cauffry, une

demi-heure plus tard qu'on y serait arrivé sans cet incident, — il avait bien fallu ménager le cheval boiteux, — Ramon s'arrêta avec ses compagnons, chez un maréchal, dans le but de le consulter. Par malheur le maréchal était absent; on perdit vingt minutes à le chercher. Enfin on l'amena. C'était une sorte de maître Jacques qui joignait à son métier principal celui de vétérinaire; — ce qui ne le rendait pas peu important. Or, on sait que les gens importants ne disent ni bonjour ni bonsoir comme les autres. Celui-ci débuta par questionner Ramon, puis Pierre Boissy, puis Juan, puis Jérôme Rodier, puis Tiberge, puis Pascal. Il eût volontiers interrogé les chevaux sur le compte de leur camarade, si les chevaux eussent pu lui répondre.

FIN DU PREMIER VOLUME.

Naumbourg s|S., imprimerie de G. Paetz.

Balzac, de, Les paysans. 3 vols.
Bawr, Mme de, Une existence parisienne. 2 vols.
Belgiojoso, Mme la Princesse, Émina. 2 vols.
Bernard, A. de, Le portrait de la Marquise. 2 vols.
———, Les frais de la guerre. 2 vols.
Boucheron, M., Un ut de poitrine. 2 vols.
Braddon, Miss, Le secret de Mlle Aurore. 3 vols.
———, Le secret de Lady Audley. 3 vols.
———, Le secret du banquier. 5 vols.
Bréhat, Alfred de, Les chemins de la vie. 4 vols.
———, Les millions du cousin Gaspard. 6 vols.
Bulwer, Sir E. Lytton, Une étrange histoire. 6 vols.
Camp, M. du, L'homme au bracelet d'or. 1 vol.
Capendu, Ernest, Pour un baiser. 2 vols.
———, Le capitaine Sabre de Bois. Roman militaire. 3 vols.
Caraguel, M. Clément, Souvenirs et aventures d'un volontaire de Garibaldi. 2 vols.
Carrey, Émile, L'Amazone. 1re partie 3 vols. 2me partie 3 vols.
Champfleury, Grandeurs de la vie domestique. Monsieur de Boisd'hyver. 4 vols.
Caracciolo, Mme, Mystères des couvents de Naples. 3 vols.
Cherbuliez, Le comte Kostia. 3 vols.
———, Paule Méré. 2 vols.
Colet, Mme L., Lui. 3 vols.
———, Les petites passions. 1 vol.
Conscience, H., Le bonheur d'être riche. 1 vol.
Dash, Mme. la Comtesse, La pomme d'Eve. 4 vols.
———, La sorcière du roi. 5 vols.
———, Le nain du diable. 3 vols.
———, Le roman d'une héritière. 2 vols.
Didier, Édouard, Régina di San Gennaro. 2 vols.
Dumas, Alex., Ainsi soit-il. 4 vols.
———, Le meneur de loups. 3 vols.
———, Impressions de voyage en Russie etc. 9 vols.

Dumas, Alex., Black. 4 vols.
———, Histoire d'un chien et de onze poules. Vol. 1, 2.
———, Le secrétaire de la Marquise du Deffand. 7 vols.
———, Le lièvre de mon grand-père. 1 vol.
———, Le père La Ruine. 3 vols.
———, Le Caucase. 7 vols.
———, Jane. 1 vol.
———, Contes pour les enfants. 2 vols.
———, Histoire d'un cabanon et d'un chalet. 2 vols.
———, La San Felice. Roman de mœurs. 17 vols.
———, Causerie sur E. Delacroix. 1 vol.
———, Souvenirs d'une favorite. 8 vols.
Dumas fils, A., Ce qu'on ne sait pas. — Une loge à Camille. 1 vol.
———, Sophie Printemps. 2 vols.
Duplessis, Paul, Les boucaniers, suivi de l'Homme aux 100 femmes par *Gozlan*. 5 vols.
Énault, Louis, La rose blanche. 1 vol.
Eyma, Xavier, Le trône d'argent. 2 vols.
Fabiani, Mme. Fabia, La princesse Bulbulis. 2 vols.
Farelles, L. de, Le portrait voilé, suivi de l'Histoire d'un million par *Audebrand* et La Comtesse Brignole par *Méry*. 1 vol.
Fath, G., Un mari en vacances, suivi de Cinthie. 1 vol.
Féré, Oct., et **D. Saint-Yves**, Le baron de Trenck. 10 vols.
Feuillet, Oct., La petite Comtesse. 1 vol.
———, Le roman d'un jeune homme pauvre. 5e édition. 2 vols.
———, Rédemption. 1 vol.
———, Histoire de Sibylle. 3 vols.
———, Un cas de conscience. 1 vol.
Féval, Paul, Les habits noirs. 8 vols.
———, Madame Gilblas. Souvenirs d'une femme de notre temps. 1re série 9 vols. 2me série 5 vols. 3me et dernière série 5 vols.
———, Madame Pistache. 1 vol.

Féval, Paul, Le paradis des femmes. 7 vols.
————, Bouche de fer. 5 vols.
————, Le bossu. 8 vols.
————, Aimée. 2 vols.
————, La garde noire. 1 vol.
————, Les compagnons du silence. 8 vols.
————, Quatre femmes et un homme. 2 vols.
————, Jean Diable. 8 vols.
————, Le poisson d'or. 2 vols.
————, Annette Laïs. 4 vols.
Feydeau, E., Fanny. 2e édition. 2 vols.
————, Daniel. 4 vols.
————, Sylvie. 1 vol.
————, Un début à l'opéra. 3 vols.
————, Le secret du bonheur. 4 vols.
————, Monsieur de Saint-Bertrand. 3 vols.
————, Le mari de la danseuse. 3 vols.
Flaubert, Gust., Madame Bovary. 4 vols.
————, Salammbô. 2me édition. 3 vols.
Foudras, Marquis de, Les misères dorées. 4 vols.
————, Une vie aventureuse. 4 vols.
Frémy, A., La comédie du printemps. 4 vols.
Fullarton, G., Rose Leblanc. 2 vols.
Garibaldi, Mémoires de, publiés par *A. Dumas.* 5 vols.
Gasparin, Mme de, Les horizons célestes. 1 vol.
————, Les horizons prochains. 2 vols.
————, Vesper. 2 vols.
————, Les tristesses humaines. 2 vols.
————, Camille. 1 vol.
Gautier, Th., Avatar. 1 vol.
————, Le roman de la Momie. 2 vols.
————, Paul d'Aspremont. 1 vol.
————, Le capitaine Fracasse. 6 vols.
————, Spirite. 2 vols.
————, Mlle Dafné de Montbriand. 1 vol.
Girardin, E. de, Le malheur d'être belle. 1 vol.

Naumbourg s|S., imprimerie de G. Paetz.

LES TROIS LURONNES.

www.ingramcontent.com/pod-product-compliance
Ingram Content Group UK Ltd.
Pitfield, Milton Keynes, MK11 3LW, UK
UKHW031856260826
14628UKWH00002B/805

9 782329 338033